· 中国现代经典新诗集汇校本丛书 ·

志 摩 的 诗

徐志摩　著

向阿红　汇校

金宏宇　易彬　主编

长江出版传媒　长江文艺出版社

图书在版编目（CIP）数据

志摩的诗 / 徐志摩著；向阿红汇校. -- 武汉 ： 长
江文艺出版社，2024. 12. --（中国现代经典新诗集汇校
本丛书 / 金宏宇，易彬主编）. -- ISBN 978-7-5702
-3786-9

Ⅰ. Ⅰ226

中国国家版本馆 CIP 数据核字第 2024FH3161 号

志摩的诗
ZHIMO DE SHI

责任编辑：高田宏	责任校对：程华清
封面设计：胡冰倩	责任印制：邱 莉 丁 涛

出版： 长江出版传媒 长江文艺出版社
地址：武汉市雄楚大街 268 号　　　邮编：430070
发行：长江文艺出版社
http://www.cjlap.com
印刷：中印南方印刷有限公司

开本：640 毫米×960 毫米　　1/16	印张：9.25
版次：2024 年 12 月第 1 版	2024 年 12 月第 1 次印刷
行数：3266 行	

定价：26.00 元

汇校说明

徐志摩是一位才华横溢的诗人。他的第一部诗集——《志摩的诗》，是他早期浪漫主义思想的代表，在中国新诗史上具有重要的诗学意义。《志摩的诗》的主调是热烈的追求和激愤的反抗，诗集中大部分作品都是诗人在追求爱和理想时的有感之作。这个汇校本，希望能对《志摩的诗》和徐志摩整个文学创作的研究有所裨益。

一、《志摩的诗》的版本较多，作者的改动也较大，主要有以下几种：

（1）初版本（线装本）。1925 年 8 月由诗人自费排印的聚珍仿宋版线装本，由蒋复璁代编，中华书局代印。后来在北新书局寄售，现代评论社又将其列为现代社文艺丛书第二种，在北大第一院发卖。该诗集共收录诗人于 1922 年至 1925 年间所创作的诗歌作品 55 首。初版本无序跋、无版权页，封面有徐志摩亲自题写的"志摩的诗"几个大字，扉页有"献给爸爸"字样（据说此为凌叔华手迹，待考）。扉页上还有徐志摩给其前妻的题词："幼仪，这小集是我这几年漂泊的一点子果实，怕还没有熟透，小心损齿。志摩九月上海。"

（2）重排本（平装本）。1928 年 8 月上海新月书店重排平装本出版,作者做了部分文字改动,并删单篇诗作 15 首,分别为《留别日本》《自然与人生》《地中海》《东山小曲》《一小幅的穷乐图》《雷峰塔》《青年曲》《一家古怪的店铺》《哀曼殊斐儿》《一个祈祷》《默境》《月下待杜鹃不来》《希望的埋葬》《冢中的岁月》《康桥再会罢》;删组诗《沙扬娜拉十八首》第 1 至第 17 首,留最后一首。另增加一首,为《恋爱到底是什么一回事》。

(3)再版本。1930 年 1 月由上海新月书店出版。

(4)三版。1931 年 2 月由上海新月书店出版。

(5)五版。1932 年 9 月由上海新月书店出版。

(6)六版。1933 年 2 月由上海新月书店出版,据再版本(平装本)重印,篇目及顺序与再版本相同,但改《月下雷峰影片》标题为《月下雷峰》。

(7)选印本。1983 年 8 月由人民文学出版社出版,为"中国现代文学作品原本选印"之一种,据线装本重排。

二、《志摩的诗》1928 年出平装本以后,之后的版本基本上都以线装本或平装本为底本,几乎无改动。本书以《志摩的诗》1925 年线装本(初版本)为底本,以 1928 年 8 月平装本为校本进行校勘。体例如下:

(1)凡文本中有字、词改动者,用""号摘出底本正文,并将其他版本中改动之处校录于后。凡整句有改动者,则校文中则不摘出底本正文,以"此句……"代替。凡整篇改动极大者,校文中直接附各版本全篇修改稿。

(2)校号①②③……一般都标在所校之文末。汇校部分一律采用脚注的形式，并且每页重新编号。

（3）初版本中部分诗歌未结集之前，已在当时发表于各种报刊上，这些初刊本与结集之后的版本多有出入，因此在进行版本汇校时，将初刊本也纳入汇校中。

三、校勘之事，往往事倍而功半，虽细心、耐心，亦难免窜误、遗漏。不足、错误之处祈请读者批评指正。

发表篇目统计表

篇目	发表刊物
《去罢》	《晨报副刊》1924 年 6 月 17 日，第 3 页。
《为要寻一个明星》	《晨报六周年增刊》1924 年第 12 月期，第 281—282 页。初刊本标题为《为要寻一颗明星》。
《破庙》	《晨报副刊·文学旬刊》1923 年第 2 期，第 3 页。
《自然与人生》	初刊于《小说月报》1924 年第 15 卷第 2 期，第 100—101 页；再刊于《晨报副刊·文学旬刊》1925 年第 60 期，第 3 页。
《地中海》	《努力周报》1922 年第 34 期，第 2 页。
《太平景象》	初刊于《小说月报》1924 年第 15 卷第 8 期，第 193 页；再刊于《晨报副刊》1924 年 9 月 28 日，第 3 页。
《卡尔佛里》	《晨报副刊》1924 年 11 月 17 日，第 4 页。
《一条金色的光痕》	初刊于《晨报副刊》1924 年 2 月 26 日，第 2—3 页；再刊于《晨报副刊·文学旬刊》1925 年第 75 期，第 3—5 页。

（续表）

篇目	发表刊物
《盖上几张油纸》	《晨报副刊·文学旬刊》1924年第54期，第3页。
《残诗》	《晨报副刊·文学旬刊》1925年第59期，第1页。初刊本标题为《残诗一首》。
《东山小曲》	初刊于《晨报副刊·文学旬刊》1924年第29期，第3页；再刊于《小说月报》1924年第15卷第2期，第131页。
《一小幅的穷乐图》	《晨报副刊》1923年2月14日，第2页。
《先生！先生！》	《晨报副刊·文学旬刊》1923年第20期，第3页。
《石虎胡同七号》	《文学旬刊》1923年第82期，第2页。
《雷峰塔》	《晨报副刊·文学旬刊》1923年第14期，第1页。初刊本标题为《雷峰塔（杭白）》。
《沪杭车中》	《小说月报》1923年第14卷第11期，第98页，初刊本标题为《沪杭道中》。
《古怪的世界》	《晨报六周年增刊》1924年第12月期，第280—281页。
《朝雾里的小草花》	《晨报副刊·文学旬刊》1924年第55期，第2页。

（续表）

篇目	发表刊物
《在那山道旁》	初刊于《晨报副刊·文学旬刊》1924 年第 56 期，第 4 页；再刊于《公路三日刊》1935 年第 40 期，第 13—14 页。
《夜半松风》	《晨报副刊·文学旬刊》1924 年第 41 期，第 2 页。
《青年曲》	《紫罗兰》1927 年第 2 卷第 24 期，第 1 页。
《谁知道》	《晨报副刊》1924 年 11 月 9 日，第 3—4 页。
《常州天宁寺闻礼忏声》	《晨报副刊·文学旬刊》1923 年第 17 期，第 1 页。
《一家古怪的店铺》	《晨报副刊·文学旬刊》1923 年第 5 期，第 4 页。
《不再是我的乖乖》	《京报副刊》1925 年第 33 期，第 6 页。
《哀曼殊斐儿》	初刊于《努力周报》1923 年第 44 期，第 3 页；再刊于《京报副刊》1925 年第 170 期，第 6—7 页。
《一个祈祷》	《晨报副刊·文学旬刊》1923 年第 4 期，第 4 页。初刊本标题为 *A Prayer*。
《希望的埋葬》	《努力周报》1923 年第 39 期，第 2 页。
《叫化活该》	《晨报六周年增刊》1924 年第 12 月期，第 279—280 页。

（续表）

篇目	发表刊物
《雪花的快乐》	《现代评论》1925 年第 1 卷第 6 期，第 14 页。
《恋爱到底是什么一回事》	《文学周刊》1925 年第 32 期。

汇校版本书影

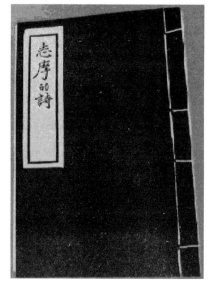

1925 年 8 月线装本
1983 年人民文学出版社出版据线
装本原本重排

1928 年 8 月再版（平装本）

上海新月书店

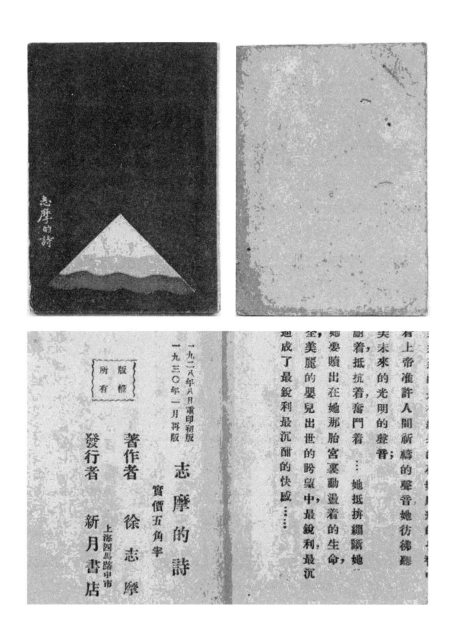

1930 年 1 月再版本

上海新月书店

 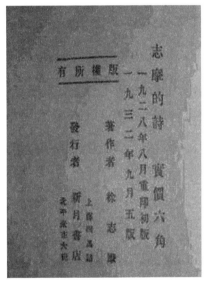

1932 年 9 月五版

上海新月书店

目　录

这是一个懦怯的世界 ①

这是一个懦怯的世界：

　　容不得恋爱，容不得恋爱！

披散你的满头发，

赤露你的一双脚；

　　跟着我来，我的恋爱，

抛弃这个世界

殉我们的恋爱！

我拉着你的手，

爱，你跟着我走；

　　听凭荆棘把我们的脚心刺透，

　　听凭冰雹劈破我们的头，

你跟着我走，

我拉着你的手，

　　逃出了牢笼，恢复我们的自由！

---

① 此诗 1928 年平装本与初版本内容相同。

跟着我来，

我的恋爱！

人间已经掉落在我们的后背，——

看呀，这不是白茫茫的大海？

白茫茫的大海，

白茫茫的大海，

无边的自由，我与你与恋爱！

顺着我的指头看，

那天边一小星的蓝——

那是一座岛，岛上有青草，

鲜花，美丽的走兽与飞鸟；

快上这轻快的小艇，

去到那理想的天庭——

恋爱，欢欣，自由——辞别了人间，永远！

多谢天！我的心又一度的跳荡

多谢天！我的心又一度的跳荡，

这天蓝与海青与明洁的阳光

驱净了梅雨时期无欢的踪迹，

也散放了我心头的网罗与纽结，

像一朵曼陀罗花英英的露爽，

在空灵与自由中忘却了迷惘：——

　迷惘，迷惘！也不知求①自何处，

囚禁着我心灵的自然的流露，

可怖的梦魇，黑夜无边的惨酷，

苏醒的盼切，只增剧灵魂的麻木！

曾经有多少的白昼，黄昏，清晨，

嘲讽我这蚕茧似不生产的生存？

也不知有几遭的明月，星群，晴霞，

山岭的高亢与流水的光华……

辜负！辜负自然界叫唤的殷勤，

惊不醒这沉醉的昏迷与顽冥！

---

① 1928 年平装本"求"为"来"。

如今，多谢这无名的博大的光辉，
在艳色的青波与绿岛间萦洄，
更有那渔船与航影，亭亭的粘附[①]
在天边，唤起辽远的梦景与梦趣：
我不由的惊悚，我不由的感愧
（有时微笑的妩媚是启悟的棒槌！）；[②]
是何来倏忽的神明，为我解脱
忧愁，新竹似的豁裂了外箨，
透露内裹的青篁，又为我洗净
障眼的盲翳，重见宇宙间的欢欣。

这或许是我生命重新的机兆；
大自然的精神！容纳我的祈祷，
容许我的不踌躇的注视，容许
我的热情的献致，容许我保持
这显示的神奇，这现在与此地，
这不可比拟的一切间隔的毁灭！
我更不问我的希望，我的惆怅，
未来与过去只是渺茫的幻想，
更不向人间访问幸福的进门，

①1928年平装本"附"为"拊"。
②1928年平装本句末"；"置于括号内。

只求每时分给我不死的印痕，——

变一颗埃尘，一颗无形的埃尘，

追随着造化的车轮，进行，进行，……

我有一个恋爱

我有一个恋爱——

我爱天上的明星；

我爱他们的晶莹：

　　人间没有这异样的神明。

在冷峭的暮冬的黄昏，

在寂寞的灰色的清晨，

在海上，在风雨后的山顶——

　　永远有一颗，万颗的明星！

山涧边小草花的知心，

高楼上小孩童的欢欣，

旅行人的灯亮与南针——

　　万万里外闪烁的精灵！

我有一个破碎的魂灵，

象 ① 一堆破碎的水晶，

---

① 1928 年平装本"象"为"像"。

散布在荒野的枯草里——

　　饱啜你一瞬瞬的殷勤。

人生的冰激与柔情，

我也曾尝味，我也曾容忍；

有时阶砌下蟋蟀的秋吟，

　　引起我心伤，逼迫我泪零。

我袒露我的坦白的胸襟，

　　献爱与一天的明星；

任凭人生是幻是真，

地球存在或是消泯——

　　太空中永远有不昧的明星！

去罢①

去罢，人间，去罢！
　我独立②在高山的峰上；
去罢，人间，去罢！
　我面对着无极的穹苍。

去罢，青年，去罢！
　与幽谷的香草同埋；
去罢，青年，去罢！
　悲哀付与暮天的群鸦③。

去罢，梦乡，去罢！
　我把④幻景的玉杯摔破；
去罢，梦乡，去罢！
　我笑受山风与海涛之贺。

---

　① 此诗发表于《晨报副刊》1924 年 6 月 17 日，第 3 页。初刊本诗末有写作时间"五月二十日"。
1928 年平装本与初版本内容相同。
　② 初刊本此处有"的"。
　③ 初刊本"的群鸦"为"之鸦"。
　④ 初刊本"把"为"将"。

去罢，种种，去罢！

当前有插天的高峰；

去罢，一切，去罢！

当前有无穷的无穷！

为要寻一个明星 [①]

我骑着一匹拐腿的瞎马,

　　向着黑夜里加鞭;——

　　向着黑夜里加鞭,

我跨 [②] 着一匹拐腿的瞎马! [③]

我冲入这黑绵绵的昏夜,

　　为要寻一颗明星;——

　　为要寻一颗明星,

我冲 [④] 入这黑茫茫的荒野。

累坏了,累坏了我跨下的牲口,

　　那明星还不出现;——

　　那明星还不出现,

累坏了,累坏了马鞍上的身手。

---

① 此诗发表于《晨报六周年增刊》1924 年第 12 月期,第 281—282 页。初刊本标题为《为要寻一颗明星》,诗末有写作时间"十三年十一月"。1928 年平装本与初版本内容相同。

② 初刊本"跨"为"骑"。

③ 1928 年平装本此处标点为"。"。

④ 初刊本"冲"为"闯"。

这回天上透出了水晶似的光明，

荒野里倒着一只牲口，

黑夜里躺着一具尸首。①——

这回天上透出了水晶似的光明！

---

① 初刊本此处标点为"，"。

留别日本 ①

我惭愧我来自古文明的乡国，

    我惭愧我脉管中有古先民的遗血，

我惭愧扬子江的流波如今溷浊，

    我惭愧——我面对着富士山的清越！

古唐时的壮健常萦我的梦想：

    那时洛邑的月色，那时长安的阳光；

那时蜀道的啼猿，那时巫峡的涛响；

    更有那哀怨的琵琶，在深夜的浔阳！

但这千余年的痿痹，千余年的懵懂：

    更无从辨认——当初华族的优美，从容！

摧残这生命的艺术，是何处来的狂风？——

    缅念那遍中原的白骨，我不能无恫！

我是一枚漂泊的黄叶，在旋风里漂泊，

---

①1928 年平装本删去此诗。

　　回想所从来的巨干，如今枯秃；
我是一颗不幸的水滴，在泥潭里匍匐——
　　但这干涸了的涧身，亦曾有水流活泼。

我欲化一阵春风，一阵吹嘘生命的春风，
　　催促那寂寞的大木，惊破他深长的迷梦；
我要一把崛强的铁锹，铲除淤塞与壅肿，
　　开放那伟大的潜流，又一度在宇宙间汹涌。

为此我羡慕这岛民依旧保持着往古的风尚，
　　在朴素的乡间想见古社会的雅驯，清洁，壮旷；
我不敢不祈祷古家邦的重光，但同时我愿望——
　　愿东方的朝霞永葆扶桑的优美，优美的扶桑！

沙扬娜拉十八首 ①

我记得扶桑海上的朝阳，

　　黄金似的散布在扶桑的海上；

我记得扶桑海上的群岛，

　　翡翠似的浮沤在扶桑的海上——

　　　　沙扬娜拉！

趁航在轻涛间，悠悠的，

　　我见有一星星古式的渔舟，

像一群无忧的海鸟，

　　在黄昏的波光里息羽优游，

　　　　沙扬娜拉！

这是一座墓园；谁家的墓园

　　占尽这山中的清风，松馨与流云？

我最不忘那美丽的墓碑与碑铭，

　　墓中人生前亦有山风与松馨似的清明——

---

①1928年平装本中只选录最后一首，标题为《沙扬娜拉一首赠日本女郎》，全诗内容与初版本相同。

　　沙扬娜拉！（神户山中墓园）

听几折风前的流莺，
　　看阔翅的鹰鹞穿度浮云，
我倚着一本古松瞑惇，
　　问墓中人何似墓上人的清闲？——
　　　沙扬娜拉！（同前）

健康，欢欣，疯魔，我羡慕
　　你们同声的欢呼"阿罗呀嗐"！
我欣幸我参与这满城的花雨，
　　连翩的蛱蝶飞舞，"阿罗呀嗐"！
　　　沙扬娜拉！（大阪典祝）

增添我梦里的乐音——便如今——
　　一声声的木屐，清脆，新鲜，殷勤，
又况是满街艳丽的灯影，
　　灯影里欢声腾跃，"阿罗呀嗐"！
　　　沙扬娜拉！（同前）

仿佛三峡间的风流，
　　保津川有青嶂连绵的锦绣；
仿佛三峡间的险巇，

飞沫里趁急矢似的扁舟——
　　沙扬娜拉！（保津川急湍）

度一关湍险，驶一段清涟，
　　清涟里有青山的倩影；
撑定了长篙，小驻在波心，
　　波心里看闲适的鱼群——
　　　　沙扬娜拉！（同前）

静！且停那桨声胶爱，
　　听青林里嘹亮的欢欣，
是画眉，是知更？像是滴滴的香液，
　　滴入我的苦渴的心灵——
　　　　沙扬娜拉！（同前）

"乌塔"：莫讪笑游客的疯狂，
　　舟人，你们享尽山水的清幽，
喝一杯"沙鸡"，朋友，共醉风光，
　　"乌塔，乌塔"！山灵不嫌粗鲁的歌喉——
　　　　沙扬娜拉！（同前）

我不辨——辨亦无须——这异样的歌词，
　　像不逞的波澜在岩窟间吽嘶，

像衰老的武士诉说壮年时的身世，

　　"乌塔乌塔"！我满怀滟滟的遐思——

　　　　沙扬娜拉！（同前）

那是杜鹃！她绣一条锦带，

　　迤逦着那青山的青麓；

阿，那碧波里亦有她的芳躅，

　　碧波里掩映着她桃蕊似的娇怯——

　　　　沙扬娜拉！（同前）

但供给我沉酣的陶醉，

　　不仅是杜鹃花的幽芳；

倍胜于娇柔的杜鹃，

　　最难忘更娇柔的女郎！

　　　　沙扬娜拉！

我爱慕她们体态的轻盈，

　　妩媚是天生，妩媚是天生！

我爱慕她们颜色的调匀，

　　蝴蝶似的光艳，蝴蝶似的轻盈——

　　　　沙扬娜拉！

不辜负造化主的匠心，

　　她们流盻中有无限的殷勤；
比如薰风与花香似的自由，
　　我餐不尽她们的笑靥与柔情——
　　　沙扬娜拉！

我是一只幽谷里的夜蝶：
　　在草丛间成形，在黑暗里飞行，
我献致我翅羽上美丽的金粉，
　　我爱恋万万里外闪亮的明星——
　　　沙扬娜拉！

我是一只醺醉了的花蜂：
　　我饱啜了芬芳，我不讳我的猖狂；
如今，在归途上嘤嗡着我的小嗓，
　　想赞美那别样的花酿，我曾经恣尝——
　　　沙扬娜拉！

最是那一低头的温柔，
　　像一朵水莲花不胜凉风的娇羞，
道一声珍重，道一声珍重，
　　那一声珍重里有蜜甜的忧愁——
　　　沙扬娜拉！

破庙①

慌张的急雨②将我

赶入了黑丛丛的山坳，

迫近我头顶在腾拿，

恶很很③的乌龙巨爪；

枣树兀兀地隐蔽着

一座静悄悄的破庙，

我满身的雨点雨块，④

躲进了昏沉沉的破庙；

雷雨越发来得大了：

霍隆隆半天里霹雳，

霍喇喇林叶树根苗，

山谷山石，一齐怒号，

千万条的金剪金蛇，

飞入阴森森的破庙，

① 此诗发表于《晨报副刊·文学旬刊》1923年第2期第3页。1928年平装本与初版本内容相同。
② 1928年平装本此处有"，"。
③ 初刊本"恶很很"为"恶很"。
④ 初刊本此处无标点。

我浑身战抖，趁电光
估量这冷冰冰的破庙；

我禁不住大声啼嗷：
电光火把似的照耀，
照出我身旁神龛里 ①
一个 ② 青面狞笑的神道，
电光去了，霹雳又到，
不见了狞笑的神道，
硬雨石块似的倒泻——
我独身藏躲在破庙；

千年万年应该过了！
只觉得浑身的毛窍，
只听得骇人的怪叫，
只记得那凶恶的神道，
忘了我现在的破庙；
好容易雨收了，雷休了，
血红的太阳，满天照耀，
照出一个我，一座破庙！

---

① 初刊本此处有"的"。
② 初刊本无"一个"。

自然与人生 ①

风，雨，山岳的震怒：

　　猛进，猛进！

显你们的猖獗，暴烈，威武；

　　霹雳是你们的酣噭，

　　雷震是你们的军鼓——

万丈的峰峦在涌汹的战阵里

　　失色，动摇，颠播；

　　猛进，猛进！

这黑沉沉的下界，② 是你们的俘虏！

壮观！仿佛 ③ 跳出了人生的关塞，

凭着智慧的明辉，回看

这伟大的悲惨的趣剧，在时空

无际的舞台上，④ 更番的演着：——

---

① 此诗初刊于《小说月报》1924 年第 15 卷第 2 期，第 100—101 页。再刊于《晨报副刊·文学旬刊》1925 年第 60 期，第 3 页。再刊本诗末有写作时间"正月五日再稿"。1928 年平装本删去此诗。

② 再刊本此处无标点。

③ 初刊本、再刊本此处有"是"。

④ 再刊本此处无标点。

我驻足在岱岳的顶颠，

在阳光朗照着的顶颠，[1] 俯看山腰里

蜂起的云潮敛着，叠着，渐缓的

淹没了眼下的青峦与幽壑：[2]

霎时的开始了，[3] 骇人的工作。

风，雨，雷霆，山岳的震怒——[4]

　　猛进，猛进！

矫捷的，猛烈的：[5] 吼着，打击着，咆哮着[6]；

烈情的火焰，[7] 在层云中狂窜：[8]

恋爱，嫉妒，咒诅，嘲讽，报复，牺牲，烦闷，

　　疯犬似的跳着，追着，嗥着，咬着，

毒蟒似的绞着，翻着，扫着，舐着——

　　猛进，猛进！

狂风，暴雨，电闪，雷霆：

　　烈情与人生！

---

[1] 初刊本、再刊本此处无标点。

[2] 再刊本此处标点为"；"。

[3] 再刊本此处无标点。

[4] 再刊本此处标点为"："。

[5] 再刊本此处标点为"，"。

[6] 再刊本"吼着，打击着，咆哮着"为"咆哮着，打击着"。

[7] 再刊本此处无标点。

[8] 再刊本此处有"——"。

静了，^① 静了——

不见了晦盲的云罗与雾锢，

只有轻纱似的浮沤，在透明的晴空，

冉冉的飞升，冉冉的翳隐，

像是白羽的安琪，捷报天庭。

静了，^② 静了——

眼前消失了战阵的幻景，

回复了幽谷与冈峦与森林，

青葱，凝静，芳馨，像一个浴罢的处女，

忸怩的无言，默默的自怜。

变幻的自然，变幻的人生，

瞬息的转变，暴烈与和平，

刿心的惨剧与怡神的宁静：——^③

谁是主，谁是宾，谁幻复谁真？

莫非是造化儿的诙谐与游戏，

恣意的反覆着涕泪与欢喜，^④

厄难与幸运，娱乐他的冷酷的心，

与我在云外看雷阵，一般的无情？

---

① 再刊本此处标点为"——"。
② 再刊本此处标点为"——"。
③ 再刊本无"——"。
④ 再刊本此处标点为"；"。

地中海①

海呀！你宏大幽秘的音息，不是无因而来的！②

　　这风稳日丽，也不是无因而然的！③

这些进行不歇的波浪，唤起了思想同情的反应——

涨，落——隐，现——去，来……

无量数的浪花，各各不同，各有奇趣的花样，——

　　一树上没有两张相同的叶片④

　　天上没有两朵⑤相同的云彩。

　　地中海呀！你是欧洲文明⑥最老的见证！

　　魔大的帝国，曾经一再笼卷⑦你的两岸；

霸业的命运，曾经再三在你酥胸上定夺；

无数的帝王，英雄，诗人，僧侣，寇盗，商贾，

　　曾经在你怀抱中得意，失志，灭亡；

① 此诗发表于《努力周报》1922年第34期第2页。1928年平装本删去此诗。

② 初刊本此处标点为"，"。

③ 初刊本此处标点为"，"。

④ 初刊本"叶片"为"叶子"，且句末有"，"。

⑤ 初刊本"朵"为"片"。

⑥ 初刊本"文明"为"文化"。

⑦ 初刊本"卷"为"捲"。

无数的财货，^① 牲畜，人命，舰队，商船，渔艇，

  曾经沉入你的 ^② 无底的渊壑；

无数的朝彩晚霞，星光月色，血腥，血糜，

  曾经浸染涂惨你的面庞；

无数的风涛，雷电，炮声，潜艇，曾经扰乱你安

  平的居处；

屈洛安城焚的火光，阿脱洛庵家的惨剧，

沙伦女的歌声，迦太基奴女被掳过海的哭声，

维雪维亚炸裂的彩色，

尼罗河口，铁拉法尔加唱凯的歌音……

都曾经供你耳目刹那的欢娱。

历史来，历史去；

  埃及，波斯，希腊，马其顿，罗马，西班牙——

  至多也不过抵你一缕浪花的涨歇，一茎春花的开落！

但是你呢——

  依旧冲洗着欧、^③ 非、^④ 亚的海岸，

  依旧保存着你青年的颜色，

（时间不曾在你面上留痕迹。）

---

① 初刊本此处无标点。

② 初刊本无"的"。

③ 初刊本此处无标点。

④ 初刊本此处无标点。

依旧继续着你自在无挂的涨落，

依旧呼啸着你厌世的骚愁，

依旧翻新着你浪花的样式，——

这孤零零的①神秘伟大的地中海呀。②

① 初刊本"的"为"地"。

② 初刊本此处标点为"！"。

灰色的人生 ①

我想——我想开放我的宽阔的粗暴的嗓音，

　　唱一支野蛮的大胆的骇人的新歌；

我想拉破我的袍服，我的整齐的袍服，

　　露出我的胸膛，肚腹，肋骨与筋络；

我想放散我一头的长发，像一个游方僧似的

　　散披着一头的乱发；

我也想跣我的脚，跣我的脚，在巉牙似的道上，

　　快活地，无畏地走着。

我要调谐我的嗓音，傲慢的，粗暴的，

　　唱一阕荒唐的，摧残的，弥漫的歌调；

我伸出我的巨大的手掌，向着天与地，海与山，

　　无餍地求讨，寻捞；

我一把揪住了西北风，问他要落叶的颜色，

我一把揪住了东南风，问他要嫩芽的光泽；

我蹲身在大海的边旁，倾听他的伟大的酣睡的声浪；

①1928年平装本与初版本内容相同。

我捉住了落日的彩霞，远山的露霭，秋月的明辉，

　　散放在我的发上，胸前，袖里，脚底……

我只是狂喜地大踏步地向前——向前——

　　口唱着暴烈的，粗伧的^①不成章的歌调；

来，我邀你们到海边去，听风涛震撼太空的声调；

来，我邀你们到山中去，听一柄利斧斫伐

　　老树的清音；

来，我邀你们到密室里去，听残废的，

　　寂寞的灵魂的呻吟；

来，我邀你们到云霄外去，听古怪的大鸟

　　孤独的悲鸣；

来，我邀你们到民间去，听衰老的，病痛的，

　　贫苦的，残毁的，受压迫的，烦闷的，奴服的，

　　懦怯的，丑陋的，罪恶的，自杀的，——和着深秋的

　　风声与雨声——合唱的"灰色的人生"！

---

①1928 年平装本此处有"，"。

毒药

今天不是我歌唱的日子，我口边涎着狞恶的微笑，

　　不是我说笑的日子，我胸怀间插着发冷光的利刃；

相信我，我的思想是恶毒的因为这世界是恶毒的，

　　我的灵魂是黑暗的因为太阳已经灭绝了光彩，

　　我的声调是像坟堆里的夜鸮因为人间已经杀尽

　　了一切的和谐，我的^① 口音像是冤鬼责问他的仇

　　人因为一切的恩已经让路给一切的怨；

但是相信我，真理是在我的话里虽则我的话像是

　　毒药，真理是永远不含糊的虽则我的话里仿佛

　　有两头蛇的舌，蝎子的尾尖，蜈蚣的触须；只因

　　为我的心里充满着比毒药更强烈，比咒诅更狠

　　毒，比火焰更猖狂，比死更深奥的不忍心与怜悯

　　心与爱心，所以我说的话是毒性的，^② 咒诅的，燎

　　灼的，虚无的；

相信我，我们一切的准绳已经埋没在珊瑚土打紧

　　的墓宫里，最劲冽的祭肴的香味也穿不透这严

---

①1928 年平装本删去"的"。

②1928 年平装本删去","。

封的地层：一切的准则是死了的；

我们一切的信心像是顶烂在树枝上的风筝，我们

　　手里擎着这迸断了的鹞线：一切的信心是烂了的；

相信我，猜疑的巨大的黑影，① 像一块乌云似的，已

　　经笼盖着人间一切的关系：人子不再悲哭他新

　　死的亲娘，兄弟不再来携着他姊妹的手，朋友变

　　成了寇仇，看家的狗回头来咬他主人的腿：是

　　的，猜疑淹没了一切；在路旁坐着啼哭的，在街

　　心里站着的，在你窗前探望的，都是被奸污的处

　　女：池潭里只见② 烂破的鲜艳的荷花；

在人道恶浊的涧水里流着，浮荇似的，五具残缺的

　　尸体，他们是仁义礼智信，向着时间无尽的海澜

　　里流去；

这海是一个不安靖的海，波涛昌厥的翻着，在每个

　　浪头的小白帽上分明的写着人欲与兽性；

到处是奸淫的现象：贪心搂抱着正义，猜忌逼迫着

　　同情，懦怯狎亵着勇敢，肉欲侮弄着恋爱，暴力

　　侵陵着人道，黑暗践踏着光明；

听呀，这一片淫狠的声响，听呀，这一片残暴的声响；

虎狼在热闹的市街里，强盗在你们妻子的床上，

　　罪恶在你们深奥的灵魂里……

---

① 1928 年平装本"，"为"："。
② 1928 年平装本此处有"些"。

白旗

来，跟着我来，拿一面白旗在你们的手里——不是
　　上面写着激动怨毒，鼓励残杀字样的白旗，也不
　　是涂着不洁净血液的标记的白旗，也不是画着
　　忏悔与咒语的白旗（把忏悔画在你们的心里）；
你们排列着，噤声的，严肃的，像送丧的行列，不容
　　许脸上留存一丝的颜色，一毫的笑容，严肃的，
　　噤声的，像一队决死的兵士；
现在时辰到了，一齐举起你们手里的白旗，像举起
　　你们的心一样，仰看着你们头顶的青天，不转瞬
　　的，恐惶的，像看着你们自己的灵魂一样；
现在时辰到了，你们让你们熬着，壅着，迸裂着，滚
　　沸着的眼泪流，直流，狂流，自由的流，痛快的
　　流，尽性的流，像山水出峡似的流，像暴雨倾盆
　　似的流……
现在时辰到了，你们让你们咽着，压迫着，挣扎着，
　　汹涌着的声音嚎，直嚎，狂嚎，放肆的嚎，凶很的
　　嚎，像飓风在大海波涛间的嚎，像你们丧失了最
　　亲爱的骨肉时的嚎……①

---

① 1928 年平装本删去"……"。

现在时辰到了，你们让你们回复了的天性忏悔，让
　　眼泪的滚油煎净了的，让嚎恸的雷霆震醒了的
　　天性忏悔，默默的忏悔，悠久的忏悔，沉彻的忏
　　悔，像冷峭的星光照落在一个寂寞的山谷里，像
　　一个黑衣的尼僧匐伏在一座金漆的神龛前；
　　…………
在眼泪的沸腾里，在嚎恸的酣彻里，在忏悔的沉
　　寂里，你们望见了上帝永①久的威严。

---

①1928年平装本"永"为"承"。

婴儿

我们要盼望一个伟大的事实出现，我们要守候一

个馨香的婴儿出世：——

你看他那母亲在她生产的床上受罪！

她那少妇的安详，柔和，端丽，现在在剧烈的阵痛

里变形成不可信的丑恶：你看她那遍体的筋络

都在她薄嫩的皮肤底里暴涨着，可怕的青色与

紫色，像受惊的水青蛇在田沟里急泅似的，汗珠

站在她的前额上像一颗颗的黄豆，她的四肢与

身体猛烈的抽搐着，畸屈着，奋挺着，纠旋着，仿

佛她垫着的席子是用针尖编成的，仿佛她的帐

围是用火焰织成的；

一个安详的，镇定的，端庄的，美丽的少妇，现在

在绞痛的惨酷里变形成魇^①鬼似的可怖：她的

眼，一时紧紧的阖着，一时巨大的睁着，她那眼，

原来像冬夜池潭里反映着的明星，现在吐露着

青黄色的凶焰，眼珠像是烧红的炭火，映射出她

---

① 1928 年平装本"魇"为"魔"。

灵魂最后的奋斗，她的原来朱红色的口唇，现在
像是炉底的冷灰，她的口颤着，撅着，扭① 着，
死神的热烈的亲吻不容许她一息的平安，她的发是
散披着，横在口边，漫在胸前，像揪乱的麻丝，她
的手指间还② 紧抓着几穗拧下来的乱发；
这母亲在她生产的床上受罪：——
但是③ 她还不曾绝望，她的生命挣扎着血与肉
与骨与肢体的纤微，在危崖的边沿上，抵抗着，
搏斗着，④ 死神的逼迫；
她还不曾放手，因为她知道（她的灵魂知道！）这
苦痛不是无因的，因为她知道她的胎宫里孕育
着一点比⑤ 她自己更伟大的生命的种子，包涵着
一个比一切更永久的婴儿；
因为她知道这苦痛是婴儿要求出世的征候，是
种子在泥土里爆裂成美丽的生命的消息，是她
完成她自己生命的使命的时机；
因为她知道这忍耐是有结果的，在她剧痛的昏
瞀中她仿佛听着上帝准许人间祈祷的声音，她
仿佛听着天使们赞美未来的光明的声音；

---

① 1928 年平装本"扭"为"撅"。
② 1928 年平装本删去"还"。
③ 1928 年平装本删去"是"。
④ 1928 年平装本删去"，"。
⑤ 1928 年平装本删去"比"。

因此她忍耐着，抵抗着，奋斗着……她抵拼绷断
她统体的纤微，她要赎出在她那胎宫里动荡着
的生命，在她一个完全，美丽的婴儿出世的盼
望中，最锐利，最沉酣的痛感逼成了最锐利最沉
酣的快感……

太平景象 ①

"卖油条的，来六根——再来六根。"

"要香烟吗，老总们，大英牌，大前门？

多留几包也好，前边什么买卖都不成。"

"这枪好，德国来的，装弹时手顺；"

"我哥有信来，前天，说我妈有病；"

"哼，管得你妈，咱们去打仗要紧。"

"亏得在江南，离着家千里的路程，

要不然我的家里人……唉，管得他们

眼红眼青，咱们吃粮的眼不见为净！"

"说是，这世界！做鬼不幸，活着也不称心；

谁没有家人老小，谁愿意来当兵拼命？"

"可是你不听长官说，打伤了有恤金？"

---

① 此诗初刊于《小说月报》1924 年第 15 卷第 8 期，第 193 页。再刊于《晨报副刊》1924 年 9 月 28 日，第 3 页。初刊本、再刊本分别有副标题"——江南即景"和"（江南即景）"。

"我就不希罕那猫儿哭耗子的'恤金'①　！

脑袋就是一个，我就想不透为么要上阵，

砰，砰，打自个儿的弟兄，损己，又②不利人。

"你不见李二哥回来，烂了半个脸，全青？

他③说前边稻田里的尸体，简直象④牛粪，

全的，残的，死透的，半死的，烂臭，难闻。"

"我说这儿江南人倒懂事，他们死不当兵；

你看这路旁的皮棺，那田里玲巧的享亭，

草也青，树也青，做鬼也落个清静：

"比不得我们——可不是火车已经开行？——⑤

天生是稻田里的牛粪——唉，稻田里的牛粪！"

"喂，卖油条的，赶上来，快，我还要六根。"

---

① 1928 年平装本删去"恤金"的单引号。

② 初刊本、再刊本"又"为"准"。

③ 初刊本"他"为"也"。

④ 初刊本、再刊本、1928 年平装本"象"为"像"。

⑤ 初刊本、再刊本无"——"。

卡尔佛里 ①

喂，看热闹去，朋友！在那儿？

卡尔佛里。今天是杀人的日子；②

两个是贼，还有一个——不知到底

是谁？有人说他是一个魔鬼；

有人说他是天父的亲儿子，

米赛亚……看，那就是，他来了！

咦，③为什么有人替他抗着

他的十字架？你看那两个贼，

满头的乱发，眼睛里烧着火，

十字架压着他们的肩背！

他们跟着耶稣走着；唉，耶稣，

他到底是谁？他们都说他有

威权④，你看他那样子顶和善，

顶谦卑——听着，他说话了！他说：

---

① 此诗发表于《晨报副刊》1924 年 11 月 17 日，第 4 页。初刊本诗末有写作时间"十一月八日早一时半写完"。

② 初刊本此句为"今天是行刑期："。

③ 1928 年平装本删去"，"。

④ 1928 年平装本"威权"为"权威"。

"父呀，饶恕他们罢，他们自己
都不知道他们犯的是什么罪。"
我说你觉不觉得他那话怪，
听了叫人毛管里直淌冷汗？
那黄头毛的贼，你看，好像是
梦醒了，他脸上全变了气色，
眼里直流着白豆粗的眼泪；
准是变善了！谁要能赦了他，
保管他比祭司不差什么高矮！……
再看那妇女们！小羊似的一群，
也跟着耶稣的后背，头也不包，
发也不梳，直哭，直叫，直嚷，
倒像上十字架的是他们亲生
儿子；倒像明天太阳不透亮……
再看那群得意的犹太，法利赛，
法利赛，穿着长袍，戴着高帽，
一脸①奸相。他们也跟在后背，
他们这才得意哪，瞧他们那笑！
我真受不了那假味儿，你呢？
听他们还嚷着哪："快点儿走，
上'人头山'去，钉死他，活钉死他！"……

①1928 年平装本此处有"的"。

唉，躲在墙边高个儿的那个？

不错，我认得，黑黑的，脸矮矮的，

就是他该死，他就是犹大斯！

不错，他的门徒。门徒算什么！

耶稣就让他卖，卖现钱，你知道！①

他们也不止② 一半天的交情③ 哪：

他跟着耶稣吃苦就有好几年，

谁知他贪小，④ 变了心，真是狗屎！

那还只前天，我听说，他们一起

吃晚饭，耶稣与他十二个门徒，

犹大斯就算一枚；耶稣早知道，

迟早他的命，他的血⑤ 得让他卖；

可⑥ 不是他的血？吃晚饭时他说，

"他把自己的肉喂他们的饿，

也把他自己的血止他们的渴，"

意思要他们逢着患难时多少

帮着一点：他还亲手⑦ 舀着水

替他们洗脚，犹大斯都有分，

---

① 初刊本此处标点为"，"。
② 初刊本"不止"为"不是"。
③ 初刊本"交情"为"朋友"。
④ 1928 年平装本删去"，"。
⑤ 1928 年平装本此处有"，"。
⑥ 初刊本"可"为"又"。
⑦ 初刊本此处有"，"。

还拿自己的腰布替他们擦干！

谁知那大个儿的黑脸他，没等

擦干嘴，就拿他主人去换钱：——

听说那晚耶稣与他的门徒

在橄榄山上歇着，冷不防来了，

犹大斯带着路，天不亮就干，

树林里密密的火把像火蛇，

蜒着来了，真恶毒，比蛇还毒；①

他一上来就亲他主人的嘴，

那是他的信号，耶稣就倒了霉，

赶明儿你看，他的鲜血就在

十字架上冻着！我信他是好人；

就算他坏，也不该让犹大斯

那样肮脏的卖，那样肮脏的卖！……②

我看着惨，看他生生的让人

钉上十字架去，当贼受罪，我不干！

你没听着怕人的预言？我听说

公道一完事，天地都得昏黑——

我真信，③ 天地都得昏黑——回家罢！

---

① 初刊本此处标点为"，"。

②1928年平装本"……"为"——"。

③ 初刊本此处无"，"。

一条金色的光痕①

来了一个妇人，一个乡里来的妇人，

穿着一件粗布棉袄，一条紫绵绸的裙，

一双发肿的脚，一头花白的头发，

---

① 此诗初刊于《晨报副刊》1924年2月26日，第2—3页；再刊于《晨报副刊·文学旬刊》1925年第75期，第3—5页。初刊本诗末有写作时间"一月二十九日"。初刊本、再刊本、1928年平装本在标题下有"（硖石土白）"四个字。另外，初刊本、再刊本诗前有一篇长序，内容相同，如下：

这几天冷了，我们祠堂门前的那条小港里也浮着薄冰，今天下午想望久了的雪也开始下了，方才有几位友人在这喝酒，虽则眼前的山景还不曾着色，也算是"赏雪"了，白炉里的白煤也烧旺了，屋子里暖融融的自然的有了一种雪天特有的风味。我在窗口望着半掩在烟雾里的山林，只盼这"祥瑞的"雪花：

Lazily and incessantly floating down and down:

Silently sifting and veiling road, road and railing:

Hiding difference, making unevenness even,

Into angles and crevices softly drifting and sailing.

Making unevenness even!

可爱的白雪，你能填平地面上的不平，但人间的不平呢？我忽然想起我娘告诉我的一件实事，连带的引起了异常的感想。汤麦士哈代吹了一辈子厌世的悲调；但一只冬雀的狂喜的狂歌，在一个大冷天的最凄凉的境地里，竟使这位厌世的诗翁也有一次怀疑他自己的厌世观，也有一次疑问这绝望的前途也许还闪耀着一点救度的光明。

悲观是现代的时髦；怀疑是知识阶级的护照。我们宁可把人类看作一堆自私的肉欲，把人道贬入兽道，把宇宙看作一团的黑气，把天良与德性认做作伪与梦吃，把高尚的精神析成心理分析的动机……我也是不很敢相信牧师与塾师与"主张精神生活的哲学家"的劝世谈的一个，即使人生的日子里，不是整天的下雨，这样的愁云与惨雾，伦敦的冬天似的，至少告诫我们出门时还是带上雨具的妥当。但我却也相信这愁云与惨雾并不是永久没有散开的日子，温暖的阳光也不是永远辞别了人间；真的，也许就在大雨泻的时候，你要是有耐心站在广场上望时，西天边的云罅里已经分明的透露着金色的光痕了！下面一首诗里的实事，有人看来也许便是一条金色的光痕——除了血色的一堆自私的肉欲，人们并不是没有更高尚的元素了！

慢慢的走上了我们前厅的石阶：

手扶着一扇堂窗，她抬起了她的头，

望着厅堂上的陈设，颤动着她的牙齿

　　脱尽了的口。①

她开口问了：——得罪那（你们），问声点看②，

我要来求见徐家格位太太，③有点事体⋯⋯

认真则，格位就是太太，真是老太婆哩，④

眼睛赤花，连太太都勿认得哩！

是欧，太太，今朝特为打乡下来欧，

乌青青就出门；⑤田里西北风度（大）⑥来野欧，是欧，

太太，为点事体要来求求太太呀！

太太⑦我拉埭上，东横头，有个老阿太，

姓李，亲丁末⋯⋯老早死完哩，伊拉格大官官——

李三官，起先到街上来做长年欧——，⑧早几年

成了⑨弱病，田末卖掉，病末始终勿曾好；

格位李家阿太老年格运气真勿好，全靠

---

①1928年平装本删去此句及以上部分。
②1928年平装本此句为"得罪那，问声点看"。
③再刊本此处无"，"。
④初刊本此处无"，"。
⑤再刊本此处有"，"。
⑥1928年平装本删去"（大）"。
⑦再刊本、1928年平装本此处有"，"。
⑧1928年平装本"，"置于破折号前。
⑨初刊本、再刊本"成了"为"生"。

场头上东帮帮，西讨讨，吃一口白饭，

每年只有一件绝薄欧棉袄靠过冬欧，

上个月听得话李家阿太流火病发，

前夜子西北风起，我野冻得瑟瑟叫抖，

我心里想李家阿太勿晓得那介哩，①

昨日子我一早走到伊屋里，真是罪过！

老阿太已经去哩，冷冰冰欧滚在稻草里，

野勿晓得几时脱气欧，野呒不人晓得！

我野呒不法子，只好去喊拢几个人来，

有人话是饿煞欧，有人话是冻煞欧，

我看一半是老病，西北风野作兴有点欧；——

为此我到街上来，善堂里格位老爷

本（给）② 里一具棺材，我乘便来求求太太③，

做做好事，我晓得太太是顶善心欧，

顶好有旧衣裳本格件把，我还想去

买一刀锭箔；我自己屋里野是滑白欧，

我只有五升米烧顿饭本两个帮忙欧吃，

伊拉抬了材，外加收作，饭总要吃一顿欧，

太太是勿是？……嗳，④ 是欧！嗳，⑤ 是欧！

---

① 再刊本此处标点为"。"
② 1928 年平装本删去"（给）"。
③ 再刊本无"太太"。
④ 再刊本"……嗳，"为"——呀"。
⑤ 再刊本"嗳，"为"唉"。

喔唷，太太认真好来，真体恤^①我拉穷人……

格套衣裳正好……喔唷，害太太还要

难为洋钿……喔唷，^②喔唷……我只得

朝太太磕一个响头，代故世欧谢谢！

喔唷，那末真真多谢，真欧，太太……

---

① 再刊本此处有"，"。
② 再刊本此处无"喔唷，"。

盖上几张油纸 ①

一片，一片，半空里
　　掉下雪片，②
有一个妇人，有一个妇人，
　　独坐在阶沿。

虎虎的，虎虎的，风响
　　在树林间；
有一个妇人，有一个妇人，
　　独自在哽咽。

为什么伤心，妇人，
　　这大冷的雪天？
为什么啼哭，莫非是

---

　　① 此诗发表于《晨报副刊·文学旬刊》1924 年第 54 期，第 3 页。1928 年平装本与初版本内容相同。另外，初刊本中诗前有序，内容如下：

　　这首小诗是去年在峡石东山下独居时做的，有实事的背景，那天第一次下雪，天气很冷，有几个朋友带了酒来看我，他们走近我的住处时见一个妇人坐在阶沿石很悲伤的哭，他们就问她为什么，她分明有一点神经错乱，她说她的儿子在山脚下躺着，今天下雪天冷，她恋着他，所以才买了几张油纸来替他盖上，她叫他他不答应，所以她哭了。

　　② 初刊本、1928 年平装本此处标点为"；"。

失掉了钗钿①？

不是的，先生，②不是的，
　　不是为钗钿；
也是的，也是的，我不见了
　　我的心恋。

那边松林里，山脚下，先生。
　　有一只小木篋，
装着我的宝贝，我的心，
　　三岁儿的嫩骨！

昨夜我梦见我的儿：
　　叫一声"娘呀——③
天冷了，天冷了，天冷了，
　　儿的亲娘呀！"

今天果然下大雪，屋檐前
　　望得见冰条，
我在冷冰冰的被窝里摸——

---

① 初刊本"钗钿"为"珍件"。
② 1928 年平装本删去"，"。
③ 初刊本此处无标点。

摸我的宝宝 ①。

方才我买来几张油纸
　　盖在儿的床上；
我唤不醒我熟睡的儿——
　　我因此心伤。

一片，一片，半空里
　　掉下雪片；
有一个妇人，有一个妇人，
　　独坐在阶沿 ②。

虎虎的，虎虎的，风响
　　在树林间；
有一个妇人，有一个妇人，
　　独自在哽咽。

------

① 初刊本"宝宝"为"小小"。
② 初刊本"阶沿"为"露天"。

无题

原是你的本分，朝山人的胫踝，

这荆刺的伤痛！回看你的来路，

看那草丛乱石间斑斑的血迹，

在暮霭里记认你从来的踪迹！

且缓抚摩你的肢体，你的止境

还远在那白云环拱处的山岭！

无声的暮烟，远从那山麓与林边，

渐渐的潮没了这旷野，这荒天，

你渺小的孑影面对这冥盲的前程，

像在怒涛间的轻航失去了南针；

更有那黑夜的恐怖，悚骨的狼嗥，

狐鸣，鹰欷，蔓草间有蝮蛇缠绕！

退后？——昏夜一般的吞蚀血染的来踪，

倒地？——这懦怯的累赘问谁去收容？

前冲？阿，前冲！冲破这黑暗的冥凶，

冲破一切的恐怖，迟疑，畏葸，苦痛，

血淋漓的践踏过三角棱的劲刺，

丛莽中伏兽的利爪，蜿蜒^①的虫豸！

前冲；灵魂的勇是你成功的秘密！

这回你看，在这决心舍命的瞬息，

迷雾已经让路，让给不变的天光，

一弯青玉似的明月在云隙里探望，

依稀窗纱间美人启齿的瓠犀，——

那是灵感的赞许，最恩宠的赠与！

更有那高峰，你那最想望的高峰，

亦已涌现在当前，莲苞似的玲珑，

在蓝天里，在月华中，秾艳，崇高，——

朝山人，这异象便是你跋涉的酬劳！

---

① 1928 年平装本"蜿蜒"为"蜿蜓"。

残诗①

怨谁？怨谁？这不是青天里打雷？

关着；② 锁上；赶明儿瓷花砖上堆灰！

别瞧这白石台阶光润③ ，赶明儿，唉，

石缝里长草，石板上青青的④ 全是莓！

那廊下的青玉缸里养着鱼⑤ 真凤尾，⑥

可还有谁给换水，谁给捞草，谁给喂？

要不了三五天准翻着白肚鼓着眼，

不浮着死，也就让冰分儿压一个扁！⑦

顶可怜是那几个红嘴绿毛的鹦哥，

让娘娘教得顶乖，会跟着洞箫唱歌，

真娇养惯，喂食一迟，就叫人名儿骂，

现在，您叫去！就剩空院子给您答话！……⑧

---

① 此诗发表于《晨报副刊·文学旬刊》1925 年第 59 期，第 1 页。初刊本标题为《残诗一首》。

② 1928 年平装本"；"为"，"。

③ 1928 年平装本"台阶光润"为"台阶儿光滑"。

④ 初刊本"青青的"为"青的"。

⑤ 初刊本、1928 年平装本此处有"，"。

⑥ 初刊本此处标点为"，——"。

⑦ 初刊本此处标点为"？"。

⑧ 初刊本此处无"……"。

东山小曲 [①]

早上——太阳在山坡上笑，

　　太阳在山坡上叫：——

看羊的，你来吧，

　　这里有粉嫩 [②] 的草，鲜甜的料，

　　好把你的老山羊，小山羊，喂个滚饱；

小孩们你们也来吧，

　　这里有大树，有石洞，有蚱蜢，有小鸟 [③]，

　　快来捉一会盲藏 [④]，豁一个虎跳。[⑤]

中上——太阳在山腰里笑，

　　太阳在山坳里叫：——

游山的你们来吧，

　　这里来望望天，望望田，消消遣，

[①] 此诗初刊于《晨报副刊·文学旬刊》1924年第29期，第3页；再刊于《小说月报》1924年第15卷第2期，第131页。初刊本、再刊本诗末有写作时间"一月二十日"。初刊本、再刊本标题后有"硖石白"几个字。1928年平装本删去此诗。

[②] 再刊本"粉嫩"为"新嫩"。

[③] 初刊本、再刊本"小鸟"为"好鸟"。

[④] 初刊本、再刊本"盲藏"为"迷藏"。

[⑤] 初刊本、再刊本此节有小标题"（一）"。

忘记你的心事，丢掉你的烦恼；

叫化子们你们也来吧，

这里来偎火热的太阳，① 胜如一件棉袄，

还有香客的布施，岂不是好？②

晚上——太阳已经躲好，

太阳已经去了：——

野鬼们你们来吧，

黑巍巍的星光，照着冷清清的庙，

树林里有只猫头鹰，半天里有只九头鸟；

来吧，来吧，一齐来吧，

撞开你的顶头板，唱起你的追魂调，③

那边来了个和尚，快去要他一个灵魂出窍！④

---

① 再刊本此处无标点。

② 初刊本、再刊本此句为"还有香客的布施，岂不是妙，岂不是好。"初刊本、再刊本此节有小标题"（二）"。

③ 再刊本此处标点为"——"。

④ 初刊本、再刊本此节有小标题"（三）"。

一小幅的穷乐图 ①

巷口一大堆新倒的垃圾，

大概是红漆门里倒出来的垃圾，

其中不尽是灰，还有烧不烬的煤，

不尽是残骨，也许骨中有髓，

骨坳里还粘着一丝半缕的肉片，

还有半烂的布条，不破的报纸，

两三梗取灯儿，一半枝的残烟；

这垃圾堆好比是个金山，

山上满偻着寻求黄金者，

一队的褴褛，破烂的布裤 ② 蓝袄，

一个两个数不清高搊的臀腰，

有小女孩，有中年妇，有老婆婆，

一手挽着筐子，一手拿着树条，

深深的弯着腰，不咳嗽，不唠叨，

① 此诗发表于《晨报副刊》1923年2月14日，第2页。初刊本诗末有写作时间"二月六日，徐志摩。"1928年平装本删去此诗。

② 初刊本"裤"为"袴"。

也不争闹，只是向灰堆里寻捞，

向前捞捞，向后捞捞，两边捞捞，

肩挨肩儿，头对头儿，拨拨挑挑，

老婆婆捡了一块布条，上好一块布条！

有人专捡煤渣，满地多的煤渣，

妈呀，一个女孩叫道，我捡了一块鲜肉骨头，

　回头 ① 熬老豆腐吃，好不好？

一队的褴褛，好比个走马灯儿，

转了过来，又转了过去，又过来了，

有中年妇，有女孩小，有婆婆老，

还有夹在人堆里趁热闹的黄狗几条。

---

① 初刊本"回头"为"今天"。

先生！先生！ ①

钢丝的车轮

在偏僻的小巷内飞奔——

"先生，我给先生请安您哪，先生。"

迎面一蹲身， ②

一个单布褂的女孩颤动着呼声——

雪白的车轮在冰冷的北风里飞奔。

紧紧的跟，紧紧的跟，

破烂的孩子追赶着铄亮的车轮——

"先生，可怜我一大 ③ 吧，善心的先生！"

"可怜我的妈，

她又饿又冻又病，躺在道儿边直呻——

您修好 ④，赏给我们 ⑤ 一顿窝窝头您哪，先生！"

---

① 此诗发表于《晨报副刊·文学旬刊》1923 年第 20 期，第 3 页。初刊本诗末有写作时间"十一月十八日。"。

② 1928 年平装本删去","。

③ 1928 年平装本此处有"化"。

④ 初刊本"您修好"为"劳您驾"。

⑤ 初刊本此处有"吃"。

"没有带子儿，"
坐车的先生说，车里戴大皮帽的先生——
飞奔，急转的双轮，紧追，小孩的呼声。

一路旋风似的土尘，
土尘里飞转着银晃晃的车轮——
"先生，可是您出门不能不带钱您哪，先生。"

"先生！……先生！"
紫涨的小孩，气喘着，断续的呼声——
飞奔，飞奔，橡皮的车轮不住的飞奔。

飞奔……先生……
飞奔……先生……
先生…先生…先生……

石虎胡同七号 ①

我们的小园庭，有时荡漾着无限温柔：

善笑的藤娘，祖酥怀任团团的柿掌绸缪，

百尺的槐翁，在微风中俯身将棠姑抱搂，

黄狗在篱边，守候睡熟的珀儿，他的小友，

小雀儿新制 ② 求婚的 ③ 艳曲，在媚唱无休——④

我们的小园庭，有时荡漾着无限温柔。⑤

我们的小园庭，有时淡描着依稀的梦景 ⑥ ；

雨过的苍芒与满庭荫绿，织成无声幽冥，

小蛙独坐在残兰的胸前，听隔院蚓鸣，⑦

一片化不尽的雨云，倦展在老槐树顶 ⑧，

---

① 此诗发表于《文学旬刊》1923 年第 82 期，第 2 页。初刊本有副标题 "赠蹇季常先生"，诗末有写作时间 "巧日"。

② 初刊本此处有 "成"。

③ 初刊本无 "的"。

④ 初刊本此处标点为 "！"。

⑤ 初刊本此节有小标题 "（一）"；1928 年平装本 "荡漾着无限" 为 "荡漾无着限"。

⑥ 初刊本 "依稀的梦景" 为 "似梦之景"。

⑦ 1928 年平装本删去此处 "，"。

⑧ 初刊本 "老槐树顶" 为 "槐树之顶"。

掠檐^①前作圆形的舞旋，是蝙蝠，还是蜻蜓？——
我们的小园庭，有时淡描着依稀的梦景。^②

我们的小园庭，有时轻喟着一声奈何^③；
奈何在暴雨时，雨捶^④下捣烂鲜红无数，
奈何在新秋时，未凋的青叶惆怅地辞树，
奈何在深夜里，月儿乘云艇归去，西墙已度，
远巷蔷露的乐音，一阵阵被冷风吹过——^⑤
我们的小园庭，有时轻喟着一声奈何。^⑥

我们的小园庭，有时沉浸在快乐之中；
雨后的黄昏，满院只美荫，清香与凉风，
大量的蹇翁，巨樽在手，蹇足直指天空，
一斤，两斤，杯底喝尽，满怀酒欢，满面酒红，
连珠的笑响中，浮沉着神仙似的酒翁——^⑦
我们的小园庭，有时沉浸在快乐之中。

---

① 1932 年 9 月新月书店版"檐"为"帘"。
② 初刊本"依稀的梦景"为"似梦之景"；初刊本此节有小标题"（二）"。
③ 初刊本"奈何"有双引号。
④ 初刊本、1928 年平装本"捶"为"揵"。
⑤ 初刊本此处标点为"！"。
⑥ 初刊本此节有小标题"（三）"。
⑦ 初刊本此处标点为"！"。

雷峰塔①

"那首是白娘娘的古墓

（划船的手指着野草深处）；

客人，你知道西湖上的佳话②

白娘娘是个多情的妖魔；"③

"她为了多情，反而受苦，

爱了个没出息的许仙，她的情夫；

他听信了一个和尚，一时的胡涂，

拿一个钵盂，把他妻子的原形罩住。"④

到如今⑤已有千百年的光景，

可怜她被镇压在雷峰塔底，——

一座残败的古塔，凄凉地，

庄严地，独自在南屏的晚钟声里！

---

① 此诗发表于《晨报副刊·文学旬刊》1923年第14期，第1页，标题为《雪峰塔（杭白）》。1928年平装本删去此诗。

② 初刊本此处有"，"。

③ 初刊本"；"为"。"，且此节无引号。

④ 初刊本此节无引号。

⑤ 初刊本"如今"为"今朝"。

月下雷峰影片 ①

我送你一个雷峰塔影，
　　满天稠密的黑云与白云；
我送你一个雷峰塔顶，
　　明月泻影在眠熟的波心。

深深的黑夜，依依的塔影，
　　团团的月彩，纤纤的波鳞——
假如你我荡一支无遮的小艇，
　　假如你我创一个完全的梦境！

① 1928年平装本与初版本内容相同。

沪杭车中 ①

匆匆匆！催催催！

一卷② 烟，一片山，几点云影，

一道水，一条桥，一支橹声，

一林松，一丛竹，红叶纷纷：

艳色的田野，艳色的秋景，

梦境似的分明，模糊，消隐，——③

催催催！是车轮还是光阴？ ④

催老了秋容，催老了人生！

---

① 此诗发表于《小说月报》1923 年第 14 卷第 11 期，第 98 页，标题为《沪杭道中》，诗末有写作时间"十月，三十日。"。1928 年平装本与初版本内容相同。

② 初刊本"卷"为"捲"。

③ 初刊本无"——"。

④ 初刊本此处标点为"："。

难得

难得，夜这般的清静，
　难得，炉火这般的温，
更是难得，无言的相对，
　一双寂寞的灵魂！

也不必筹营，也不必详论 ①，
　更没有虚骄，猜忌与嫌憎，
只静静的坐对着一炉火，②
　只静静的默数远巷的更。

喝一口白水，朋友，
　滋润你的干裂的口唇；
你添上几块煤，朋友，
　一炉的红焰感念你的殷勤。

在冰冷的冬夜，朋友，

① 1928 年平装本"详论"为"评论"。
② 1928 年平装本此处无标点。

人们方始珍重难得的炉薪；

在这冰冷的世界，

方始凝结了少数同情的心！

古怪的世界 ①

从松江的石湖塘

上车来老妇一双，②

颤巍巍的承住弓形的老人身，

多谢（我猜是）普渡山的盘龙藤；③

青布棉袄，黑布棉套，

头毛半秃，齿牙半耗：

肩挨肩的坐落在阳光暖暖④的窗前，

畏葸的，呢喃的，像一对寒天的老燕；

震震的干枯的手背，

震震的皱缩的下颏：

这二老！是妯娌，是姑嫂⑤，是姊妹？——

---

① 此诗发表于《晨报六周年增刊》1924 年第 12 月期，第 280—281 页。初刊本诗末有写作时间"十二年冬沪杭道中"。

② 初刊本此处标点为"："。

③ 初刊本此处标点为"：——"；1928 年平装本此处标点为"："。

④ 初刊本"暖暖"为"暖和"。

⑤ 初刊本"是妯娌，是姑嫂"为"是姑嫂，是妯娌"。

紧挨着，老眼中有伤悲的 ① 眼泪！

怜悯！贫苦不是卑贱，②
老衰中有无限庄严 ③ ；——
老年人有什么悲哀，为什么凄伤？④
为什么在这快乐的新年，抛却 ⑤ 家乡？

同车里杂遝的人声，
轨道上疾转着车轮；
我独自的，独自的沉思这世界古怪——
是谁吹弄着那不调谐的人道的音籁？

---

① 初刊本无"的"。
② 初刊本此处标点为"："。
③ 初刊本"庄严"为"的尊严"。
④ 初刊本此句为"老年人（我自问）为什么忧愁，为什么心伤，"。
⑤ 初刊本此处有"了"。

朝雾里的小草花 ①

这岂是偶然，小玲珑的野花！
　　你轻含着鲜露颗颗，②
　　怦动的，像是慕光明的花蛾，
在黑暗里想念焰彩，晴霞；

我此时在这蔓草丛中过路，
　　无端的内感惘怅与惊讶，
　　在这迷雾里，在这岩壁下，
思忖着，泪怦怦的，人生与鲜露？

① 此诗发表于《晨报副刊·文学旬刊》1924 年第 55 期，第 2 页。初刊本与初版本内容相同。
② 1928 年平装本此句及以下两句为：
你轻含着闪亮的珍珠，
像是慕光明的花蛾，
在黑暗里想念着焰彩，晴霞；

在那山道旁 ①

在那山道旁，② 一天雾濛濛的朝上，

初生的小蓝花在草丛里窥觑，

我送别她归去，与她在此分离，

在青草里飘拂，她的洁白的裙衣。

我不曾开言，她亦不曾告辞，

驻足在山道旁，我黯黯的寻思；

"吐露你的秘密，这不是最好时机？"——③

露湛的小花 ④，仿佛恼我的迟疑。

为什么迟疑，⑤ 这是最后的时机，

在这山道旁，在这雾盲的 ⑥ 朝上？

---

① 此诗初刊于《晨报副刊·文学旬刊》1924 年第 56 期，第 4 页，且有副标题 "（送饮海）"。再刊于《公路三日刊》1935 年第 40 期，第 13—14 页。

② 初刊本此处有 "有"。

③ 初刊本无 "？"；再刊本无 "——"。

④ 1928 年平装本 "小花" 为 "小草花"。

⑤ 再刊本此处无标点。

⑥ 1928 年平装本 "的" 为 "在"。

收 ^① 集了勇气，向着她我旋转身去：——

但是阿！为什么她 ^② 满眼凄惶？

我咽住了我的话，低下了我的头：

火灼与冰激在我的心胸间回荡，

阿，我认识了我的命运，她的忧愁，—— ^③

在这浓雾里，在这凄清的道旁！ ^④

在那天朝上，在雾茫茫 ^⑤ 的山道旁，

新生的小蓝花在草丛里睥睨，

我目送她远去，与她从此分离——

在青草间飘拂，她那洁白的裙衣！ ^⑥

---

① 再刊本"收"为"故"。

②1928 年平装本此处有"这"。

③ 再刊本"，——"为"！"。

④ 再刊本此处标点为"？"。

⑤ 初刊本"雾茫茫"为"妖雾"。

⑥ 初刊本此处标点为"。"；再刊本此处标点为"——"。

五老峰

不可摇撼的神奇，

　　　　不容注视的威严，

这耸峙，这横蟠，

　　　　这不可攀援的峻险！

看！那巉岩缺处

　　　　透露着天，窈远的苍天，

在无限广博的怀抱间，

　　　　这旁礴的伟象显现！

是谁的意境，是谁的想像？

　　　　是谁的工程与搏造的手痕？

在这亘古的空灵中

　　　　陵慢着天风，天体与天氛！

有时朵朵明媚的彩云，

　　　　轻颤的，① 妆缀着老人们的苍鬓，

像一树虬干的古梅在月下

---

① 1928 年平装本删去"，"。

吐露了艳色鲜葩的清芬！

山麓前伐木的村童，

　　　　在山涧的清流中洗濯，呼啸，

认识老人们的嗔颦，

　　　　迷雾海沫似的喷涌，铺罩，

淹没了谷内的青林，

　　　　隔绝了鄱阳的水色袅淼，

陡壁前闪亮着火电，听呀！

　　　　五老们在渺芒的雾海外狂笑！

朝霞照他们的前胸，

　　　　晚霞戏逗着他们赤秃的头颅；

黄昏时，听异鸟的欢呼，

　　　　在他们鸠盘的肩旁怯怯的透露

不昧的明星^①与月彩：

　　　　柔波里，^②缓泛着的小艇与轻舸；^③

听呀！在海会静穆的钟声里，

　　　　有朝山人在落叶林中过路！

---

① 1928 年平装本"明星"为"星光"。
② 1928 年平装本删去"，"。
③ 1928 年平装本"；"为"。"。

更无有人事的虚荣，

　　　更无有尘世的仓促与噩梦，

灵魂！记取这从容与伟大，

　　　在五老峰前饱啜自由的山风！

这不是山峰，这是古圣人的祈祷，

　　　凝聚成这"冻乐"似的建筑神工，

给人间一个不朽的凭证，——

　　　一个"崛强的疑问"在无极的蓝空！

乡村里的音籁

小舟在垂柳荫间缓泛——
　一阵阵初秋的凉风，
　吹生了水面的漪绒，
吹来两岸乡村里的音籁。

我独自凭着船窗闲憩，
　静看着一河的波幻，
　静听着远近的音籁，^①——
又一度与童年的情景默契！

这是清脆的稚儿的呼唤，
　田场上工作纷纭，
　竹篱边犬吠鸡鸣：
但这无端的悲感与凄惋！

白云在蓝天里飞行：

①1928 年平装本删去"，"。

我欲把恼人的年岁，

我欲把恼人的情爱，

托付与无涯的空灵——消泯；

回复我纯朴的，美丽的童心：

像山谷里的冷泉一泻^①，

像晓风里的白头乳鹊，

像池畔的草花，自然的鲜明。

---

①1928 年平装本"泻"为"勺"。

天国的消息 ①

可爱的秋景！无声的落叶，

轻盈的，轻盈的，掉落在这小径，

竹篱内，隐约的，有小儿女的笑声：

呖呖的清音，缭绕着村舍的静谧，

仿佛是幽谷里的小鸟，欢噪着清晨，

驱散了昏夜的晦塞，开始无限光明。

霎那的欢欣，昙花似的涌现，

开豁了我的情绪，忘却了春恋，

人生的惶惑与悲哀，惆怅与短促——

在这稚子的欢笑声里，想见了天国！

晚霞泛滥着金色的枫林，

凉风吹拂着我孤独的身形；

我灵海里啸响着伟大的波涛，

应和更伟大的脉搏，更伟大的灵潮！

①1928年平装本与初版本内容相同。

夜半松风①

这是冬夜的山坡，

坡下一座冷落的僧庐，

庐内一个孤独的梦魂：②

　　在忏悔中祈祷，在绝望中沉沦；——③

为什么这怒嗷，这狂啸，

鼍鼓与金钲与虎与豹？④

为什么这幽诉，这私慕？⑤

烈情的惨剧与人生的坎坷——

　　又一度潮水似的淹没了

这⑥彷徨的梦魂与冷落的⑦僧庐？

---

　①此诗发表于《晨报副刊·文学旬刊》1924年第41期，第2页。初刊本诗末有写作时间"二，二二。"。1928年平装本与初版本内容相同。

　②初刊本此处标点为"，"。

　③初刊本此处标点为"：——"；1928年平装本此处标点为"；"。

　④初刊本此处标点为"，"。

　⑤初刊本此处标点为"，"。

　⑥初刊本无"这"。

　⑦初刊本无"的"。

消息

雷雨暂时收敛了；

　　双龙似的双虹，

　　显现在雾霭中，

　　天矫，鲜艳，生动，——

好兆！明天准是好天了。

什么！又是一阵打雷①，——

　　在云外，在天外，

　　又是一片暗淡，

　　不见了鲜虹彩，——

希望，不曾站稳，又毁②。

---

①1928年平装本此处有"了"。
②1928年平装本此处有"了"。

青年曲 ①

泣与笑，恋与愿与恩怨，

难得的青年，倏忽的青年，

前面有座铁打的城垣，青年，

你进了城垣，永别了春光，

永别了青年，恋与愿与恩怨！

妙乐与酒与玫瑰，不久住人间，

青年，彩虹不常在天边，

梦里的颜色，不能永葆鲜妍，

你须珍重，青年，你有限的脉搏，

休教幻景似的消散了你的青年！

---

① 此诗发表于《紫罗兰》1927 年第 2 卷第 24 期，第 1 页，初刊本与初版本内容相同。1928 年平装本删去此诗。

谁知道①

我在深夜里坐着车回家——

一个褴褛的老头他使着劲儿拉；

　　天上不见一个星，

　　街上没有一只灯：

　　那车灯的小火

　　冲着街心里的土——

　　左一个颠播，右一个颠播，

　　拉车的走着他的跟跄步；

　　…………

"我说拉车的，这道儿那儿能这么的黑？"

"可不是先生？这道儿真——真黑！"

他拉——拉过了一条街，穿过了一座门，

转一个弯，转一个弯，一般的暗沉沉；——

　　天上不见一个星，

　　街上没有一个灯：

① 此诗发表于《晨报副刊》1924 年 11 月 9 日，第 3—4 页。初刊本诗末有写作时间"星一夜自北新桥将寓归时"。1928 年平装本与初版本内容相同。

那车灯的小火

蒙着街心里的土——①

左一个颠播，右一个颠播，

拉车的走着他的跟跄步；

…………

"我说拉车的，这道儿那儿能这么的静？"

"可不是先生？这道儿真——真静！"

他拉——紧贴着一垛墙，长城似的长，

过一处河沿，②转入了黑遥遥的旷野；——

天上不露一颗星，

道上没有一只灯：③

那车灯的小火

晃着道儿上的土——

左一个颠播，右一个颠播，

拉车的走着他的跟跄步；

…………

"我说拉车的，怎么这儿道上一个人都不见？"

---

① 初刊本此处无标点。

② 1928 年平装本此处无标点。

③ 1928 年平装本此处无标点。

"倒是有① 先生，就是您不大瞧得见②！"

我骨髓里一阵子的冷——

那边青缭缭的是鬼还是人？

仿佛听着呜咽与笑声——

阿，原来这遍地都是坟！

天上不亮一颗星，

道上没有一只灯：

那车灯的小火

缭着道儿上的土——

左一个颠播，右一个颠播，

拉车的跨着他的踉跄步；③

…………

"我说——我说拉车的喂！④ 这道儿那……

　　那儿有这么远？"

"可不是先生？这道儿真——真远！"

"可是……你拉我回家……你走错了道儿没有？"

"谁知道先生！谁知道走错了道儿没有！"

…………

---

① 1928 年平装本此处有"，"。
② 初刊本"瞧得见"为"得瞧见"。
③ 初刊本此处标点为"，"。
④ 初刊本此处标点为"，"。

我在深夜里坐着车回家 ①

一堆不相识的褴褛他使着劲儿拉；——

天上不明一颗星，

道上不见 ② 一只灯：

只那车灯的小火

袅着道儿上的土——

左一个颠播，右一个颠播，

拉车的跨着他的蹒跚步。

---

① 1928 年平装本此处有 "，"。

② 初刊本 "不见" 为 "寻不着"。

常州天宁寺闻礼忏声^①

有如在火一般可爱的阳光里，偃卧在长梗的，杂乱
　　的丛草里，听初夏第一声的鹧鸪，从天边直响入
　　云中，从云中又回响到天边；
有如在月夜的沙漠里，月光温柔的手指，轻轻的抚
　　摩着一颗颗热伤了的砂砾，在鹅绒般软滑的热
　　带的空气里，听一个骆驼的铃声，轻灵的，轻灵
　　的，在远处响着，近了，近了，又远了……
有如在一个荒凉的山谷里，大胆的黄昏星，独自临
　　照着阳光死去了的宇宙，野草与野树默默的祈
　　祷着，听一个瞎子，手扶着一个幼童，铛的一响
　　算命锣，在这黑沉沉的世界里回响着；
有如在大海里的一块礁石上，浪涛像猛虎般的狂
　　扑着，天空紧紧的绷着黑云的厚幕，听大海向那
　　威吓着的风暴，低声的，柔声的，忏悔他一切的
　　罪恶；
有如在喜马拉雅的顶颠，听天外的风，追赶着天外

① 此诗发表于《晨报副刊·文学旬刊》1923 年第 17 期第 1 页。初刊本诗末有写作时间"志摩十月二十六夜再稿西湖"。初刊本、1928 年平装本与初版本内容相同。

的云的急步声，在无数雪亮的山壑间回响着；
有如在生命的舞台的幕背，听空虚的笑声，失望与
　　痛苦的呼吁声，残杀与淫暴的狂欢声，厌世与自
　　杀的高歌声，在生命的舞台上合奏着；

我听着了天宁寺的礼忏声！

这是那里来的神明？人间再没有这样的境界！

这鼓一声，钟一声，磬一声，木鱼一声，佛号一
　　声……乐音在大殿里，迂缓的，曼长的回荡着，
　　无数冲突的波流谐合了，无数相反的色彩净化
　　了，无数现世的高低消灭了……

这一声佛号，一声钟，一声鼓，一声木鱼，一声磬，
　　谐音盘礴在宇宙间——解开一小颗时间的埃
　　尘，收束了无量数世纪的因果；

这是那里来的大和谐——星海里的光彩，大千世
　　界的音籁，真生命的洪流：止息了一切的动，一
　　切的扰攘；
在天地的尽头，在金漆的殿椽间，在佛像的眉宇
　　间，在我的衣袖里，在耳鬓边，在官感里，在心灵

里，在梦里……

在梦里，这一瞥间的显示，青天，白水，绿草，慈母
　温软的胸怀，是故乡吗？是故乡吗？

光明的翅羽，在无极中飞舞！

大圆觉底里流出的欢喜，在伟大的，庄严的，寂灭
　的，无疆的，和谐的静定中实现了！

颂美呀，涅槃！赞美呀，涅槃！

一家古怪的店铺①

有一家古怪的店铺，

隐藏在那荒山的坡下；

我们村里②白发的③公婆，

也不知他们何时起家。

相隔一条大河，船筏难渡；

有时④青林里袅起髻螺，

在夏秋间明净的晨暮——

料是他家工作的烟雾。

有时在寂静的深夜，

狗吠隐约炉捶的声响，

我们忠厚的更夫常见

对河山脚下火光上飏。

---

① 此诗发表于《晨报副刊·文学旬刊》1923年第5期，第4页。初刊本诗末有写作时间"巧日"。
1928年平装本删去此诗。

② 初刊本此处有"的"。

③ 初刊本此处无"的"。

④ 初刊本"有时"在"青林里"之后。

是种田钩镰，是马蹄铁鞋，

是金银妙件，还是杀人凶械？

何以永恋此林山，荒野，

神秘的捶工呀，深隐难见？

这是家古怪的店铺，

隐藏在荒山的坡下；

我们村里① 白头的② 公婆，

也不知他们何时起家。

---

① 初刊本此处有"的"。

② 初刊本此处无"的"。

不再是我的乖乖①

（一）

前天我是一个小孩，

这海滩最是我的爱；

早起的太阳赛如火炉，

趁暖和我来做我的工夫：

捡满一衣兜的贝壳，

在这海砂上起造宫阙：

哦，这浪头来得凶恶②

冲了我得意的建筑——

我喊一声海，海！

你是我小孩儿的乖乖！

（二）

昨天我是一个"情种"，

到这海滩上来发疯；

① 此诗发表于《京报副刊》1925年第33期，第6页。1928年平装本与初版本内容相同。

②1928年平装本此处有"，"。

西天的晚霞慢慢的死，

血红变成姜黄，又变紫，

一颗星在半空里窥伺 ①

我匐伏在砂堆里画字，

一个字，一个字，又一个字，

谁说 ② 不是我心爱的游戏？

我喊一声海，海！

不许你有一点儿的更改！

（三）

今天！咳，为什么要有今天？

不比从前，没了我的疯癫，

再没有小孩时的新鲜，

这回再不来这大海的边沿！

头顶不见天光的方便，

海上只暗沉沉的一片，

暗潮侵蚀了砂字 ③ 的痕迹，

却不冲淡我悲惨的颜色——

我喊一声海，海！

你从此不再是我的乖乖！

---

① 初刊本、1928 年平装本此处有 "，"。
② 初刊本此处有 "这"。
③ 初刊本 "砂字" 为 "痴情"。

哀曼殊斐儿 ①

我昨夜梦入幽谷，

　　听子规在百合丛中泣血，

我昨夜梦登高峰，

　　见一颗光明泪自天坠落。

古罗马的郊外有座墓园，②

　　静偃着百年前客殇的诗骸；

百年后海岱士黑辇的车轮，

　　又喧响在芳丹卜罗的青林边。

说宇宙是无情的机械，③

　　为甚明灯似的理想闪耀在前？

----

① 此诗初刊于《努力周报》1923年第44期，第3页。再刊于《京报副刊》1925年第170期，第6—7页。初刊本、再刊本标题下有副标题"（Katherine Mansfied）"，诗末有写作时间"三月十一日"。1928年平装本删去此诗。

② 初刊本、再刊本第二小节内容改动较大，内容如下：

开茨（Keats）的遗璃在杂马西野，

　　芝罗兰，堇花叶，装缀鲜妍；

兰港（Legharn）的潮声朝暮幽咽，

　　慰吊雪莱（Shelley）的诗魂。

③ 再刊本无此句及以下所有内容。

说造化是真善美之表现，

　　为甚五彩虹不常住天边？

我与你虽仅一度相见——

　　但那二十分不死的时间！

谁能信你那仙姿灵态，

　　竟已朝露似的永别人间？

非也！生命只是个实体的幻梦：

　　美丽的灵魂，永承上帝的爱宠；

三十年小住，只似昙花之偶现，

　　泪花里我想见你笑归仙宫。

你记否伦敦约言，曼殊斐儿！

　　今夏再见于琴妮湖之边；

琴妮湖永抱着白朗矶的雪影，

　　此日我怅望云天，泪下点点！

我当年初临生命的消息，

　　梦觉似的 ① 骤感恋爱之庄严；

生命的觉悟是爱之成年，

① 初刊本此处有"，"。

　　　我今又因死而感生与恋之涯沿！

　　同情是掼不破的纯晶，
　　　　爱是实现生命之唯一涂径；①
　　死是座伟秘的洪炉，此中
　　　　凝炼万象所从来之神明。

　　我哀思焉能电花似的飞骋，
　　　　感动你在天日遥远的灵魂？②
　　我洒泪向风中遥送，
　　　　问何时能戳破生死之门？

---

① 初刊本此处标点为"："。
② 初刊本此句为"感动你在天曼殊之灵？"。

一个祈祷①

请听我悲哽的声音，祈求于我爱的神：
人间那一个的身上，不带些儿创与伤！②
那有高洁的灵魂，不经地狱，便登天堂：
我是肉薄过刀山，③炮烙，闯度了奈何桥，
方有今日这颗赤裸裸的心，自由高傲！

这颗赤裸裸的心，请收了罢，我的爱神！
因为除了你更无人，给他温慰与生命，
否则，你就将他磨成韲粉，散入西天云，
但他精诚的颜色，却永远点染你春朝的
新思，秋夜的梦境；怜悯罢，我的爱神！

---

① 此诗发表于《晨报副刊·文学旬刊》1923 年第 4 期，第 4 页，标题为 *A Prayer*。1928 年平装
本删去此诗。

② 初刊本此处标点为 "，"。

③ 初刊本此处无标点。

默境 ①

我友，记否那西山的黄昏，

钝氲里透出的紫霭红晕，

漠沉沉，黄沙弥望，恨不能

登山顶，饱餐西陲的菁英，

全仗你吊古殷勤，趋别院，

度边门，惊起了卧犬狰狞——

墓庭的光景，却别是一味

苍凉，别是一番苍凉境地：

我手剔生苔碑碣，看冢里

僧骸是何年何代，你轻踹

生苔庭砖，细数松针几枚；

不期间彼此缄默的相对，

僵立在寂静的墓庭墙外，

同化于自然的宁静，默辨

静里深蕴着普遍的义韵；

我注目在墙畔一穗枯草，

听邻庵经声，听风抱树梢，
听落叶，冻乌零落的音调，
心定如不波的湖，却又教
连珠似的潜思泛破，神凝
如千年僧骸的尘埃，却又
被静的底里的热焰熏点；

我友，感否这柔韧的静里，
蕴有钢似的迷力，满充着
悲哀的况味，阐悟的几微，
此中不分春秋，不辨古今，
生命即寂灭，寂灭即生命，
在这无终始的洪流之中，
难得素心人悄然共游泳；
纵使阐不透这凄伟的静，
我也怀抱了这静中涵濡，
温柔的心灵；我便化野鸟
飞去，翅羽上也永远染了
欢欣的光明，我便向深山
去隐，也难忘你游目云天，
游神象外的 Transfiguration

我友！知否你妙目——漆黑的

圆睛——放射的神辉，照彻了

我灵府的奥隐，恍如昏夜

行旅，骤得了明灯，刹那间

周遭转换，涌现了无量数

理想的楼台，更不见墓园

风色，更不闻衰冬吁喟，但

见玫瑰丛中，青春的舞踏

与欢容，只闻歌颂青春的

谐乐与欢悰；——

　　　　　　轻捷的步履，

你永向前领，欢乐的光明，

你永向前引：我是个崇拜

青春，欢乐与光明的灵魂。

月下待杜鹃不来 ①

看一回凝静的桥影，
数一数螺细的波纹，
我倚暖了石阑的青苔，
青苔凉透了我的心坎；

月儿，你休学新娘羞，
把锦被掩盖你光艳首，
你昨宵也在此勾留，
可听她允许今夜来否？

听远村寺塔的钟声，
像梦里的轻涛吐复收，
省心海念潮的涨歇，
依稀漂泊踉跄的孤舟；

水粼粼，夜冥冥，思悠悠，

---

① 1928年平装本删去此诗。

何处是我恋的多情友？

风飕飕，柳飘飘，榆钱斗斗，

令人长忆伤春的歌喉。

希望的埋葬 ①

希望，只如今……
如今只剩些遗骸；②
可怜，我的心……
却教我如何③埋掩？

希望，我抚摩着④
你惨变的创伤，⑤
在这冷默的冬夜⑥
谁与我商量埋葬？

埋你在秋林之中，
幽涧之边，你愿否，
朝餐泉乐的玲玱，

---

① 此诗发表于《努力周报》1923 年第 39 期，第 2 页。1928 年平装本删去此诗。
② 初刊本此处标点为"——"。
③ 初刊本"如何"为"何处"。
④ 初刊本无"着"，且"，"为"！"。
⑤ 初刊本此处标点为"；"。
⑥ 初刊本此句为"这冷默的冬宵——"。

暮偎着松茵香柔？ ①

我收拾一筐的红叶，
露凋秋伤的枫叶，
铺盖在你新坟之上，——②
长眠着美丽的希望！

我唱一支惨淡的歌，
与秋林的秋声相和；
滴滴凉露似的清泪，
洒遍了③清冷的新墓！

我手抱你冷残的衣裳，
凄怀你生前的经过——
一个遭不幸的爱母④
回想一场抚养的辛苦。⑤

我又⑥舍不得将你埋葬，

---

① 初刊本此句为"暮偎松茵的温柔？"。
② 初刊本无"——"。
③ 初刊本此处有"你"。
④ 初刊本此处有"，"，且无"遭"。
⑤ 初刊本此句为"思想一场空养的辛苦！"。
⑥ 初刊本无"又"。

希望，① 我的生命与光明！②

像那个情疯了的公主，③

紧搂住她爱人的冷尸！④

梦境似的惝恍⑤，

毕竟是谁存与谁亡？⑥

是谁在悲唱，希望！

你，我，是谁替谁埋葬？⑦

"美是人间不死的光芒，"

不论是生命，或⑧是希望；⑨

便冷骸也发生命的神光，

何必问秋林红叶去⑩埋葬？⑪

---

① 初刊本此处标点为"！"。

② 初刊本此处标点为"！——"。

③ 初刊本此处有注"（注一）"，注释内容为"（注一）D'anunzio's Dream of Autumn morning"，置于诗末，且诗末有写作时间"十二年一月二十四日"。

④ 初刊本此处标点为"。"。

⑤ 初刊本此句为"梦境似惝恍迷离"。

⑥ 初刊本"与谁亡"为"谁死"，且句末标点为"；"。

⑦ 初刊本此处标点为"！"。

⑧ 初刊本无"或"。

⑨ 初刊本此处标点为"！"。

⑩ 初刊本"去"为"作"。

⑪ 初刊本此处标点为"！"。

冢中的岁月 ①

白杨树上一阵鸦啼，

白杨树上叶落纷披，

白杨树下有荒土一堆：

亦无有青草，亦无有墓碑；

亦无有蛱蝶双飞，

亦无有过客依违，

有时点缀荒野的暮霭，

土堆邻近有青磷闪闪。

埋葬了也不得安逸，

髑髅在坟底叹息；

舍手了也不得静谧，

髑髅在坟底饮泣。

破碎的愿望梗塞我的呼吸，

①1928 年平装本删去此诗。

伤禽似的震悸着他的羽翼；
白骨放射着赤色的火焰——
却烧不尽生前的恋与怨。

白杨在西风里无语，摇曳，
孤魂在墓窟的凄凉里寻味：
"从不享，可怜，祭扫的温慰，
更有谁存念我生平的梗概！"

叫化活该 ①

"行善的大姑，修好的爷，"②

　　西北风尖刀似的猛刺着他的脸，③

"赏给我一点你们吃剩的油水吧！"④

　　一团模糊的黑影，⑤ 搋紧在⑥ 大门边。

"可怜我快饿死了，发财的爷，⑦"

　　大门内有欢笑，有红炉，有玉杯；

"可怜我快冻死了，有福的爷，⑧"

　　大门外西北风笑，⑨"叫化活该！"

　　我也是战栗⑩ 的黑影一堆，

---

① 此诗发表于《晨报六周年增刊》1924 年第 12 月期，第 279—280 页。诗末有写作时间"十二年冬硖石"。

② 初刊本此处有"——"，且"爷"后无"，"。

③ 初刊本此处标点为"——"。

④ 初刊本此处有"——"。

⑤ 初刊本此处无标点。

⑥ 初刊本"在"为"着"。

⑦ 初刊本此处标点为"！"，且句末有"——"。

⑧ 初刊本此处标点为"！"，且句末有"——"。

⑨ 初刊本"笑，"为"笑说"；1928 年平装本"笑，"为"笑说，"。

⑩ 初刊本"战栗"为"战慄慄"。

蠕伏在人道的前街；

我也只讨 ① 一些同情的温暖，

遮掩我的 ② 剐残的余骸 ③ ——

但是 ④ 沉沉的紧闭的大门：谁来理睬；⑤

街道上只冷风的嘲讽 ⑥ "叫化活该！"

①1928 年平装本"讨"为"要"。

② 初刊本"的"为"这"。

③ 初刊本此处有"："。

④ 初刊本、1928 年平装本"但是"为"但这"。

⑤ 初刊本此句为"但这沉沉的大门，啊，有谁理睬？——"。

⑥ 初刊本、1928 年平装本此处有"，"。

一星弱火

我独坐在半山的石上，
　　看前峰的白云蒸腾，
一只不知名的小雀，
　　嘲讽着我迷惘的神魂。

白云一饼饼的飞升，
　　化入了辽远的无垠；
但在我逼仄的心头，啊，
　　却凝敛着惨雾与愁云！

皎洁的晨光已经透露，
　　洗净了青屿似的前峰；
像墓墟间的磷^①光惨淡，
　　一星的微焰在我的胸中。

但这惨淡的弱火一星，

①1928 年平装本"磷"为"燐"。

照射着残骸有 ① 余烬，

虽则是往迹的嘲讽，

　却绵绵的长随时间进行！

———————

①1928 年平装本"有"为"与"。

她是睡着了

她是睡着了——

星光下一朵斜欹的白莲；

她入梦境了——

香炉里袅起一缕碧螺烟。

她是眠熟了——

涧泉幽抑了喧响的琴弦；

她在梦乡了——

粉蝶儿，翠蝶儿，翻飞的欢恋。

停匀的呼吸：

清芬渗透了她的周遭的清氛；

有福的清氛

怀抱着，抚摩着，她纤纤的身形！

奢侈的光阴！

静，沙沙的尽是闪亮的黄金，

平铺着无垠，^①——
波鳞间轻漾着光艳的小艇。

醉心的光景：
给我披一件彩衣，啜一坛芳醴，
　折一支藤花，
舞，在葡萄丛中，颠倒，昏迷。

看呀，美丽！
三春的颜色移上了她的香肌，
　是玫瑰，是月季，
是朝阳里的水仙，鲜妍，芳菲！

梦底的幽秘，
挑逗着她的心——她^②纯洁的灵魂，
　像一只蜂儿，
在花心，恣意的唐突——温存。

童真的梦境！
静默；休教惊断了梦神的殷勤；
　抽一丝金络，

---

①1928年平装本此处无“，”。
②1928年平装本删去“她”。

抽一丝银络，抽一丝晚霞的紫曛；

　　玉腕与金梭，
织缣似的精审，更番的穿度——
　　化生了彩霞，
神阙，安琪儿的歌，安琪儿的舞。

　　可爱的梨涡，
解释了处女的梦境的欢喜，
　　像一颗露珠，
颤动的，在荷盘中闪耀着晨曦！

问谁

问谁？阿，这光阴的播弄
　　问谁去声诉，
在这冻沉沉的深夜，凄风
　　吹拂她的新墓？

"看守，你须用心的看守，
　　这活泼的流溪，
莫错过，在这清波里优游，
　　青脐与红鳍！"

那无声的私语在我的耳边
　　似曾幽幽的吹嘘，——
像秋雾里的远山，半化烟，
　　在晓风前卷舒。

因此我紧揽着我生命的绳网，
　　像一个守夜的渔翁，
兢兢的，注视着那无尽流的时光——

私冀有彩鳞掀涌。

但如今，如今只余这破烂的渔网——
　　嘲讽我的希冀，
我喘息的怅望着不复返的时光：
　　泪依依的憔悴！

又何况在这黑夜里徘徊：
　　黑夜似的痛楚：
一个星芒下的黑影凄迷——
　　留连着一个新墓！

问谁……我不敢抢 ① 呼，怕惊扰
　　这墓底的清淳；
我俯身，我伸手向她搂抱——
　　阿，这半潮润的新坟！

这惨人的旷野无有边沿，
　　远处有村火星星，
丛林中有鸥鸮在悍辩——
　　此地有伤心，只影！

---

① 1928 年平装本"抢"为"怆"。

这黑夜，深沉的，环包着大地：
　　笼罩着你与我——
你，静凄凄的安眠在墓底；
　　我，在迷醉里摩挲！

正愿天光更不从东方
　　按时的泛滥：
我便永远依偎着这墓旁——
　　在沉寂里消幻——

但青曦已在那天边吐露，
　　苏醒的林鸟，
已在远近间相应的喧呼——
　　又是一度清晓。

不久，这严冬过去，东风
　　又来催促青条：
便妆缀这冷落的墓宫：①
　　亦不无花草飘飖。

---

①1928 年平装本此处标点为"，"。

但为你，我爱，如今永远封禁

在这无情的地下——

我更不盼天光，更无有春信：

我的是无边的黑夜！

为谁

这几天秋风来得格外的尖厉：

　　我怕看我们的庭院，

　　树叶伤鸟似的猛旋，

　　中着了无形的利箭——

没了，全没了：生命，颜色，美丽：

就剩下西墙上的几道爬山虎：

　　他那豹斑似的秋色，

　　忍熬着风拳的打击，

　　低低的喘一声呜邑——

"我为你耐着！"他仿佛对我声诉。

他为我耐着，① 那艳色的秋萝，

　　但秋风不容情的追，

　　追，（摧残是他的恩惠！）

　　追尽了生命的余辉——

①1928年平装本此处标点为"！"。

这回墙上不见了勇敢的秋萝！

今夜那青光的三星在天上

　　倾听着秋后的空院，

　　悄悄的，更不闻呜咽：

　　落叶在泥土里安眠——

只我在这深夜，啊，为谁凄惘？

落叶小唱

一阵声响转上了阶沿

（我正挨近着梦乡边；）

这回准是她的脚步了，我想——

　　在这深夜！

一声剥啄在我的窗上

（我正靠紧着睡乡旁；）

这准是她来闹着玩——你看！ ①

　　我偏不张皇！

一个声息贴近我的床，

我说（一半是睡梦，一半是迷惘：）——

"你总不能明白我，你又何苦

　　多叫我心伤！"

一声喟息落在我的枕边

①1928 年平装本此处标点为 ","。

（我已在梦乡里留恋；）

"我负了你"你说——你的热泪

　　烫着我的脸！

这音响恼着我的梦魂

（落叶在庭前舞，一阵——又一阵；）

梦完了，阿，回复清醒；恼人的——

　　却只是秋声！

雪花的快乐①

假如我是一朵雪花，

翩翩的在半空里潇洒，

　　我一定认清我的方向——

　　　飞扬，飞扬，飞扬，②——

这地面上有我的方向。③

不去那冷寞的幽谷，

不去那凄清的山麓，

　　也不上荒街去惆怅——

　　　飞扬，飞扬，飞扬，④——

你看！⑤我有我的方向！⑥

　　在半空里娟娟的飞舞，

---

　　① 此诗发表于《现代评论》1925年第1卷第6期，第14页。初刊本诗末有写作时间"十二月三十日雪夜"。

　　② 初刊本此处无","。

　　③ 初刊本此节有小标题"（一）"。

　　④ 初刊本此处无","。

　　⑤1928年平装本此处"！"为","。

　　⑥ 初刊本此节有小标题"（二）"。

认明了那清幽的住处，

等着她来花园里探望——

飞扬，飞扬，飞扬，^①——

啊，她身上有朱砂梅的清香！^②

那时我凭借我的身轻^③，

凝凝的^④，沾住了她的衣襟，

贴近她柔波似的心胸——^⑤

消溶，消溶，消溶，^⑥——

溶入了她柔波似的心胸！

---

① 初刊本此处无","。

② 初刊本此节有小标题"（三）"。

③ 初刊本"身轻"为"轻盈"。

④ 1928年平装本"凝凝的"为"盈盈的"。

⑤ 初刊本此处标点为","。

⑥ 1928年平装本此处无","。

康桥再会罢 ①

康桥，再会罢；

我心头盛满了别离的情绪，

你是我难得的知己，我当年

辞别家乡父母，登太平洋去，

（算来一秋二秋，已过了四度

春秋，浪迹在海外，美土欧洲）

扶桑风色，檀香山芭蕉况味，

平波大海，开拓我心胸神意，

如今都变了梦里的山河，

渺茫明灭，在我灵府的底里；

我母亲临别的泪痕，她弱手

向波轮远去送爱儿的巾色，

海风咸味，海鸟依恋的雅意，

尽是我记忆的珍藏，我每次

摩按，总不免心酸泪落，便想

理箧归家，重向母怀中匍伏，

---

① 1928 年平装本删去此诗。

回复我天伦挚爱的幸福；

我每想人生多少跋涉劳苦，

多少牺牲，都只是枉费无补，

我四载奔波，称名求学，毕竟

在知识道上，采得几茎花草，

在真理山中，爬上几个峰腰，

钧天妙乐，曾否闻得，彩红色，

可仍记得？——但我如何能回答？

我但自熹楼高车快的文明，

不曾将我的心灵污抹，今日

我对此古风古色，桥影藻密，

依然能坦胸相见，惺惺借别。

康桥，再会罢！

你我相知虽迟，然这一年中

我心灵革命的怒潮，尽冲泻

在你妩媚河身的两岸，此后

清风明月夜，当照见我情热

狂溢的旧痕，尚留草底桥边，

明年燕子归来，当记我幽叹

音节，歌吟声息，缦烂的云纹

霞彩，应反映我的思想情感，

此日撒向天空的恋意诗心，

赞颂穆静腾辉的晚景，清晨

富丽的温柔；听！那和缓的钟声

解释了新秋凉绪，旅人别意，

我精魂腾跃，满想化入音波，

震天彻地，弥盖我爱的康桥，

如慈母之于睡儿，缓抱软吻；

康桥！汝永为我精神依恋之乡！

此去身虽万里，梦魂必常绕

汝左右，任地中海疾风东指，

我亦必纡道西回，瞻望颜色；

归家后我母若问海外交好，

我必首数康桥；在温清冬夜

蜡梅前，再细辨此日相与况味；

设如我星明有福，素愿竟酬，

则来春花香时节，当复西航，

重来此地，再捡起诗针诗线，

绣我理想生命的鲜花，实现

年来梦境缠绵的销魂踪迹，

散香柔韵节，增媚河上风流；

故我别意虽深，我愿望亦密，

昨宵明月照林，我已向倾吐

心胸的蕴积，今晨雨色凄清，

小鸟无欢，难道也为是怅别

情深，累藤长草茂，涕泪交零！

康桥！山中有黄金，天上有明星，

人生至宝是情爱交感，即使

山中金尽，天上星散，同情还

永远是宇宙间不尽的黄金，

不昧的明星；赖你和悦宁静

的环境，和圣洁欢乐的光阴，

我心我智，方始经爬梳洗涤，

灵苗随春草怒生，沐日月光辉，

听自然音乐，哺啜古今不朽

——强半汝亲栽育——的文艺精英：

恍登万丈高峰，猛回头惊见

真善美浩瀚的光华，覆翼在

人道蠕动的下界，朗然照出

生命的经纬脉络，血赤金黄，

尽是爱主恋神的辛勤手绩；

康桥！你岂非是我生命的泉源？

你惠我珍品，数不胜数；最难忘

骞士德顿桥下的星磷坝乐，

弹舞殷勤，我常夜半凭阑干，

倾听牧地黑影中倦牛夜嚼，

水草间鱼跃虫嘻，轻挑静寞；

难忘春阳晚照，泼翻一海纯金，

淹没了寺塔钟楼，长垣短堞，

千百家屋顶烟突，白水青田，

难忘茂林中老树纵横；巨干上

黛薄荼青，却教斜刺的朝霞，

抹上些微胭脂春意，忸怩神色；

难忘七月的黄昏，远树凝寂，

像墨泼的山形，衬出轻柔暝色，

密稠稠，七分鹅黄，三分橘绿，

那妙意只可去秋梦边缘捕捉；

难忘榆荫中深宵清唳的诗禽，

一腔情热，教玫瑰噙泪点首，

满天星环舞幽吟，款住远近

浪漫的梦魂，深深迷恋香境；

难忘村里姑娘的腮红颈白；

难忘屏绣康河的垂柳婆娑，

婀娜的克莱亚，硕美的校友居；

——但我如何能尽数，总之此地

人天妙合，虽微如寸芥残垣，

亦不乏纯美精神；流贯其间，

而此精神，正如宛次宛士所谓

"通我血液，浃我心藏"，有"镇驯

矫饬之功"；我此去虽归乡土，

而临行怫怫，转若离家赴远；

康桥！我故里闻此，能弗怨汝
僭爱，然我自有谎言代汝答付；
我今去了，记好明春新杨梅
上市时节，盼望我含笑归来，
再见罢，我爱的康桥！

恋爱到底是什么一回事①

恋爱他到底是什么一回事？——

他来的时候我还不曾出世；

太阳为我照上了二十几个年头，

我只是个孩子，②认不识半点愁；

忽然有一天——我又爱③又恨那一天——

我心坎里痒齐齐的有些不连牵，

那是我这辈子第一次的上当，

有人说是受伤——你摸摸④我的胸膛——

他来的时候我还不曾出世，

恋爱他到底是什么一回事？

这来我变了，一只没笼头的马，

跑遍了荒凉的人生的旷野；

又像是那古时间献璞玉的楚人，

---

① 此诗发表于《文学周刊》1925年第32期。1928年平装本增加此诗。
② 初刊本此处无标点。
③ 初刊本此处有"，"。
④ 初刊本"你摸摸"为"你摸！"。

手指着心窝，说这里面有真有真，

你不信时一刀拉破我的心头肉，

看那血淋淋的一掬是玉不是玉；

血！那无情的宰割，我的灵魂！

是谁逼迫我发最后的疑问？

疑问！这回我自己幸^①喜我的梦醒，

上帝，我没有病，再不来对你呻吟！

我再不想成仙，蓬莱不是我的分；

我只要这地面，情愿安分的做人，——

从此再不问恋爱是什么一回事，

反正他来的时候我还不曾出世！

---

① 初刊本无"幸"。